À PERTE DE VUE
LA MER GELÉE

Photographie de couverture : © Evguenia Arbugaeva (pour le paysage).
Conception graphique : Éléonore Gerbier

Les éditions Paulsen sont une société du groupe Paulsen Media

FRANÇOIS GARDE

À PERTE DE VUE
LA MER GELÉE

Paulsen

À tous les humbles
dont l'histoire des expéditions polaires
n'a pas retenu les noms.

« Thule ultima serviat tibi. »
(Que Thulé la très éloignée te soit soumise.)

Virgile, *Géorgiques*, I-30

« Un livre doit être la hache qui brise
la mer gelée en nous. »

Franz Kafka, *Correspondance*

AVANT-PROPOS

Vers 325 avant Jésus-Christ, Pythéas partit de Marseille pour une expédition en Atlantique nord. Il y découvrit une île inconnue au-delà de la Grande-Bretagne, et fut le premier à rapporter que la mer pouvait geler.

À son retour, il consigna ses travaux scientifiques en astronomie, géographie et océanographie dans un traité, *De l'océan,* qui fut abondamment commenté et copié pendant toute l'Antiquité.

Nous ne savons rien de Pythéas. Aucune page de son texte ne nous est parvenue, hormis quelques douteuses citations de seconde ou troisième main. La plupart des commentateurs et critiques grecs ou romains le traitaient d'affabulateur, voire de menteur. La mer gelée ? Quelle galéjade ! Son nom tomba dans l'oubli.

Lorsque Jean Cabot, Willem Barentsz, Vitus Bering ou Jacques Cartier gagnèrent les hautes latitudes, ils rencontrèrent les mêmes paysages. Tous les explorateurs polaires ont confirmé ses découvertes. Le temps de sa réhabilitation était arrivé. Au XIXe siècle, Marseille alors au faîte de sa puissance le réinventa dans une vision romantique, pour attester de son ancienneté et fonder ses ambitions.

Nous ne savons rien de Pythéas, sinon qu'il s'aventura au-delà du monde connu. Certes, les Barbares du nord de l'Europe avaient une connaissance empirique des terres et mers autour d'eux, transmise par tradition orale. Si une tempête ou une avarie les portait plus loin que d'habitude, ils n'avaient qu'un seul désir, rentrer à la maison. Pythéas, lui, a pour projet d'aller délibérément au-delà de tous les repères, aux extrémités de ce septentrion mystérieux qu'aucun homme n'a jamais vu. La découverte constitue le moteur, le principe même de son voyage – quel que soit l'objet, par définition indéfinissable, à découvrir. Il part pour explorer. Il est le premier explorateur polaire.

Nous ne savons rien de Pythéas. Mille questions se posent. Quel âge avait-il ? Où est-il allé ? Sur quel navire ? Que contenait son traité ? Les exégètes reviennent bredouilles avec pour tout butin quelques éléments épars, tronqués, peut-être fautifs. Les érudits tentent de reconstituer le puzzle, mais bien trop de pièces manquent. Si cette ignorance à peu près complète est un obstacle infranchissable pour le biographe, elle donne à l'écrivain ou au poète la liberté dont il a besoin. Rassembler le peu d'informations ayant par hasard traversé les siècles et combler tous les vides pour ressusciter un destin…

J'ai grandi à Aix-en-Provence, sinon dans des paysages inchangés depuis Pythéas, du moins dans les mêmes reliefs et la même lumière. Enfant, je me suis baigné dans la même mer : sur les rives de l'océan, je m'étonne toujours du balancement des marées. Lorsque j'avais trois ans, mes parents m'ont emmené pour un grand voyage en voiture et sous la tente jusqu'au cap Nord. Je ne me souviens de rien, mais des photographies me montrent sur une lande d'herbe rase et de cailloux jouant à côté d'un troupeau de rennes. Bien plus tard, les hasards de la vie m'ont fait m'intéresser aux pôles, et m'ont amené pour de brefs séjours dans leurs avant-postes. À mon tour j'ai succombé aux charmes des extrémités du monde. Les deux cercles polaires sont devenus mes compagnons de route. Je suis un enfant de Pythéas.

Son émerveillement et le mien, malgré les siècles qui nous séparent, puisent à la même source : l'éclat sans douceur de la Méditerranée écrasée de soleil. Et maintenant, dans le deuil de l'enfance, son contraire absolu.

Je veux dire après lui la palette de couleurs des terres et des mers polaires, pauvre en soi et riche d'infinies variations ; le craquement sans cesse renouvelé des glaces, myriades d'infimes brisures ou catastrophes soudaines ; la variété des registres du vent, qui feule, hurle, chante, murmure, tourbillonne, grince, geint et jamais ne se tait ; l'eau sous toutes ses formes, neige, brouillard, iceberg, écume, ruisselets, banquise, nuages, vagues furieuses, gouttelettes en suspension ; l'épreuve permanente du froid et de l'humidité ; l'explosion de la vie lors de brefs printemps ; le sentiment étrange d'être au désert, dans un espace qui n'est pas fait pour l'homme… Je veux dire la mémoire des héros qui s'y sont aventurés après lui et dont beaucoup ne revinrent pas. Je veux dire la gloire surabondante du soleil, qu'il a vue, et l'immobilité impérieuse qui fige toute chose et toute vie, qu'il a devinée.

Nous ne savons rien de Pythéas. Trop grec pour les Français, trop marseillais pour Paris, trop boréal pour Marseille, trop ancien, imprécis et lacunaire pour être vraiment utile, Pythéas navigue depuis vingt-cinq siècles à contre-courant…

Première partie

UN ENFANT DE MASSALIA

1

Au matin, le ciel est inconsistant, laiteux. L'air froid, vivifiant, distille une légèreté soyeuse. L'océan, apaisé des vagues sèches de la veille, est parcouru d'une longue houle calme qui évoque la respiration d'un géant endormi sous les flots. Dans le lointain, quelques points noirs volettent au ras de l'eau. Un couple de migrateurs raye le zénith. Une légère brise permet d'avancer tribord amures, doucement vers le nord.

Les marins constatent avec étonnement le silence. Les mille bruits qui accompagnent d'ordinaire la progression du navire – souffle du vent, rumeur des cordages et des gréements, craquements de la coque, légers effleurements issus on ne sait d'où, piaillements d'oiseaux… – ont disparu. Spontanément et sans se concerter, ils renoncent aux cris, aux chants, aux appels, aux invectives qui leur rappellent qu'ils forment un groupe et qu'ils ont besoin les uns des autres. Les ordres sont murmurés, une seule fois.

Tous ont conscience d'avoir pénétré un monde inconnu. En chuchotant, le plus expérimenté des anciens répond au mousse qu'il n'a jamais vu pareil spectacle : l'océan tout entier semble épuisé, à bout de forces. Quelles limites ont-ils donc franchies ?

Cinq jours plus tôt, ils ont été témoins d'une fantasmagorie sans précédent. Au cœur de la nuit, des lueurs se sont allumées dans la moitié du ciel, révélant d'immenses draperies vertes et bleues. Animées d'un lent mouvement, elles ont tournoyé, ondulé, se sont fondues les unes dans les autres, ont mêlé leurs teintes et leurs nuances jusqu'à disparaître aussi progressivement qu'elles étaient apparues.

Et ce froid ! En ces journées de fin d'été, quand la chaleur devrait partout accabler les plantes et assoiffer bêtes et hommes, les marins ont beau remettre bonnet, mitaines et tous leurs vêtements, ils sont insuffisamment protégés. Tous ressentent ses piqûres sur leurs joues et ses morsures dans tous leurs membres.

Lorsque le soleil atteint le point le plus haut de son parcours, ils commencent à distinguer une bande blanc-bleu : non pas une terre ou une île, mais comme un très fin nuage qui serait venu se poser loin devant leur étrave. Le dos d'un énorme animal marin s'arrondit non loin, et un jet de vapeur s'élance à la verticale. La brise faiblit, à peine suffisante pour ne pas déventer. Le long de la coque défilent d'étranges fleurs blanches translucides.

Le capitaine fait affaler les voiles. Quelques instants plus tard, plus rien ne bouge. Ni vent, ni courant, ni houle. Le navire semble aussi immobile qu'amarré à un quai, sans gîte ni erre. Pourtant sur ses flancs la substance même de la mer se modifie. L'eau, cet élément familier dont les propriétés et les colères sont connues, devient grumeleuse. Des filaments, des débris de glaçons apparaissent à sa surface, de plus en plus nombreux, et s'écartent paresseusement pour se rejoindre à la poupe, avec la douceur d'un champ de blé dont les épis se redressent inchangés après le passage d'un humain. En quelques instants, ils s'agglomèrent, s'épaississent, forment une bouillie visqueuse.

Du gaillard d'avant, on distingue maintenant une étendue infinie, non pas blanche de la neige qui l'aurait recouverte, mais blanche par nature, semblant irradier une lumière sans direction. L'eau – verte, bleue, noire, fouettée d'écume, transparente ou en furie, porteuse de tant de promesses –, l'eau salée familière aux marins a disparu. Aucun chenal ne se distingue. Cette plaine aveuglante n'est ni terre ferme ni océan.

Bien sûr certains matelots qui ont un peu bourlingué ont déjà vu des ruisselets saisis par l'hiver en Haute Provence, en Macédoine ou en Asie Mineure. Cette eau douce immobilisée étonne, amuse, mais ne menace ni ne dure. Ce qu'ils contemplent désormais est d'une autre nature. À perte de vue, une étrangeté que nul ne pouvait imaginer et pour laquelle aucun nom n'existe.

Il faut se rendre à l'évidence. Autour du navire, la mer change, devient une bouillie de glace et d'eau, un inquiétant lait caillé mi-solide mi-liquide.

Le capitaine prend conscience du danger. S'il se laisse emprisonner dans cette pâte qui devient de plus en plus épaisse, et lourde, et gluante, elle va se solidifier et l'immobiliser. Un piège est en train de se refermer sous ses yeux, et pour combien de temps ? Il faut faire marche arrière au plus vite, malgré l'absence de vent.

Alors il pousse un cri, plutôt un hurlement, un long feulement rauque d'animal blessé. Les hommes qui semblaient ensorcelés se réveillent.

« Aux rames ! Tout le monde aux rames ! »

Inutile de préciser dans quelle direction, chacun comprend, chacun bondit à son poste. Les rames sortent, se déploient et s'animent en cadence. Devant ce phénomène inexplicable, les marins frappés de stupeur se battent avec l'énergie du désespoir pour reculer, pour s'éloigner de ce sortilège qui se noue sous leurs yeux stupéfaits. Pendant une heure, ils fuient, ils nagent à rebours, insoucieux de toute idée de navigation, simplement pour s'extraire de cette sorcellerie. Lorsqu'un petit clapot se forme sous l'effet d'une brise un peu soutenue, la mer reprend son apparence habituelle, d'un bleu presque noir parcouru d'irisations argentées. Un léger tangage apparaît, et ils peuvent, après avoir mis une bonne distance de sécurité avec cette étrangeté, faire demi-tour et hisser les voiles pour repartir abasourdis, muets, vers le sud.

Vers la chaleur. Vers les risques habituels. Vers le port de départ. Vers les rires des enfants et les visages des femmes. Vers le tombeau de leurs ancêtres et leurs espérances habituelles.

Vers le sud, puisqu'il n'est plus possible de continuer vers le nord.

2

Sors de l'ombre, le Massaliote, et raconte.

Raconte à voix basse, je suis seul à tendre l'oreille. Prends ton temps. Le silence aussi est beau, il nous convient à tous deux, et à ces espaces que le premier tu as vus.

Dis-moi la vérité si tu y consens, ou des mensonges bien ficelés, bien retentissants, si tu préfères. Ce sont les deux faces d'une même piécette avec laquelle je joue. Toi qui as connu la tentation de laisser une trace pour les générations, et l'ivresse et la peur de l'écriture, cette volonté que ta voix porte plus loin, tu me comprends.

Un texte, ce sont des paroles gelées, qui ont perdu leurs ailes et ne bougeront plus. Pour l'éternité, l'épée d'Hector entre dans la gorge de Patrocle. Pour l'éternité, Ulysse crève l'œil unique de Polyphème. Rien de plus approprié que ces paroles figées – les tiennes ou les miennes – pour décrire la mer gelée.

Tu n'as pas d'autre choix que de me faire confiance. Si ce livre est un navire, j'en suis l'armateur et toi le pilote. Toute dispute entre nous entraînerait le naufrage.

Est-ce bien ta voix que je parviens à distinguer, ou seulement l'écho des vagues ?

Je t'en prie, le Massaliote, réveille-toi, sors de ton mutisme séculaire ! Je m'incline devant toi, je te supplie, je t'implore. Je te dresserai une statue, je ferai brûler de l'encens à ses pieds et y égorgerai de ma main des offrandes. Ne détourne pas la tête. Ne reste pas indifférent.

J'ai besoin de toi pour raconter ton histoire, et tu as besoin de moi pour renaître à la lumière. Je suis ton scribe et tu es mon otage. Nous naviguerons de conserve. Je parlerai peu pendant notre voyage. À toi les efforts, les doutes, les angoisses, les victoires, les rencontres, la gloire, l'immortalité. À toi les découvertes. À toi les honneurs.

Nul ne sait où repose ta dépouille, sous un olivier solitaire ou au sein des flots. Ton récit est devenu cendres dans l'incendie des bibliothèques. Seuls les sarcasmes de ceux qui t'ont dénigré résonnent encore. Ton legs fut oublié, et presque ton nom.

Permets que je revendique ton héritage et ta trop longue absence. Que mes mots d'aujourd'hui rebondissent sur tes mots perdus !

Oui, faisons ensemble apparaître les falaises acérées dégoulinantes de pluie surgissant du brouillard trop près de la proue ; les vagues tombant avec fracas de tous côtés comme des murs d'eau verte ; le ciel qui s'embrase de nuées rouges, carmin, violettes, orangées ; les animaux des îles froides – ours blancs, morses aux défenses impressionnantes, grands pingouins, phoques argentés aux longues moustaches, bœufs musqués, lièvres blancs, la puissance de ces terres du bout du monde et de cet océan sans limites…

3

Pour des motifs qu'aucun apiculteur n'a jamais élucidés, parfois au printemps une ruche se divise, un essaim s'en sépare, prend son envol, s'élève dans les airs en une masse tournoyant sur elle-même, recherche un abri, semble hésiter, puis s'abat. Le creux d'un arbre fera l'affaire. Une nouvelle colonie d'abeilles est née.

Cet appel de l'ailleurs se retrouvait dans le monde grec. Pour des raisons diverses – litiges avec les autorités ou les pères, conflits religieux, faim de terres, soif d'aventures… – un groupe de citoyens décidait de quitter la cité avec leurs familles pour tenter leur chance ailleurs. Le même pari poussera, bien des siècles plus tard, une poignée de Norvégiens à s'embarquer sur des drakkars pour s'inventer un avenir en Islande, puis à la génération suivante Erik le Rouge à fuir l'Islande après un meurtre pour s'implanter au Groenland.

Ta ville était une colonie de Phocée, en Asie Mineure – aujourd'hui Foça en Turquie. Le mot de colonie nous trompe, nous le comprenons spontanément au sens contemporain, celui d'un empire qui impose sa domination militaire, politique, économique, culturelle, linguistique, voire religieuse, sur des terres lointaines – jusqu'au jour glorieux de la révolte et de la décolonisation. Rien de tel à ton époque.

Tu es né quatre siècles après Massalia, aujourd'hui Marseille.

Tu te demandes pourquoi je commence à raconter ta vie bien avant ta naissance ? Pour dire le caractère de ta ville, le Massaliote. Car de Phocée à Massalia la route est longue et semée d'embûches. Désireux d'aller voir ailleurs, ces Phocéens ne lésinaient pas sur la distance, et ne se laissaient pas décourager par un voyage maritime de plusieurs semaines. Et la Méditerranée occidentale leur convenait, puisqu'ils y ont fondé d'autres colonies, que nous appelons aujourd'hui Agde, Antibes, Nice, Aléria. Mais aucune n'a eu le prestige et le destin de Massalia.

Les Phocéens ont-ils été bien accueillis par les populations qui habitaient déjà cet amphithéâtre s'ouvrant sur une vaste calanque ? La légende le dit, et tu y as sans doute cru, à ce mariage entre le chef des Grecs essaimant et la fille d'un roitelet local. Il faut croire les légendes, car sinon nous sommes nus face au vent glacial de l'Histoire, et je le crois donc avec toi.

La plupart des villes naissent d'un carrefour de routes, d'une butte où s'élève un fortin, d'un gué, d'un sanctuaire. Massalia est née non d'un lieu, mais d'un mouvement. D'un mouvement qui jamais ne s'interrompt. Elle s'est vouée aux voyages.

Son destin commence par ce port bien abrité, entouré de collines sèches. Bien d'autres indentations entaillent les côtes de la Méditerranée. Mais aucune autre ne se situe aussi près de l'embouchure du Rhône, cette voie de pénétration fluviale vers le nord. Les flux de populations, de marchandises, de savoirs et de croyances y circulent dans tous les sens depuis des siècles.

Ta ville n'est pas un centre, au sommet d'une hiérarchie, fragile, inconstante. Il est bien plus subtil d'être un carrefour : au-delà de la Saône, vers les mondes germanique et scandinave ; au-delà du Maghreb, vers l'Afrique ; au-delà des échelles du Levant, par les routes de la soie, vers les mystères de l'Inde et de la Chine.

Lorsque deux siècles avant que tu viennes au monde, Phocée fut conquise par Cyrus et passa sous la domination de l'Empire perse, de nombreux Phocéens choisirent l'exil dans leur colonie la plus brillante. Au moment de ta naissance, ta ville est l'une des plus importantes de la Méditerranée, un centre de culture grecque et de négoce. Elle a déjà quatre siècles d'existence et compte plus de vingt mille habitants.

Les juristes et philosophes de ton époque donnent en exemple le sage gouvernement oligarchique de Massalia : les chefs des quatre-vingts familles les plus importantes se réunissent en assemblée tous les ans pour voter les lois et rendre la justice. Trois d'entre eux, les consuls, sont élus pour diriger la Cité.

Ta ville ne cherche pas à conquérir, à s'imposer par la force, à agrandir son territoire. Elle ne s'enrichit pas au détriment de vassaux humiliés qui lui paient un tribut et rêvent de revanche. Elle sait que les liens pacifiques du commerce sont plus forts et plus durables que le piétinement des légions. Certes elle entretient une petite force armée et une flotte de guerre, mais essentiellement dans un but défensif.

Sa principale rivale est Carthage, sur l'autre rive de la Méditerranée. Elle s'efforce de contenir son expansion par des ambassades, des espions, des manœuvres, ce qu'il faut de corruption – et de temps en temps des traités. Chacun place ses pions et pousse son avantage. Massalia riposte si elle est attaquée, mais évite d'ouvrir les hostilités.

À Delphes, nombril du monde, seules une vingtaine de cités jouissent du privilège de construire un petit temple où entreposer leurs offrandes les plus précieuses. Le « Trésor des Marseillais » est l'un des plus importants et des mieux placés. J'ai visité ses ruines, admiré ce qu'il reste d'une vaste frise sculptée qui ornait son fronton. Lorsque Rome, cette république du centre de l'Italie qui s'étend progressivement, éprouvera le besoin d'un tel coffre-fort, elle négociera avec Massalia le droit d'utiliser le sien.

Jamais sans doute dans toute l'Histoire Marseille n'a exercé pareille influence.

Patience, le Massaliote ! Je me rapproche peu à peu du jour inconnu de ta naissance. Mais tu ne peux nier le plaisir que te procure cet hommage rendu à ta ville. Bien des cités antiques ont été rayées de la carte, d'autres ont décliné et végètent. Quelques-unes seulement ont toujours compté sans jamais connaître d'éclipse.

Les Marseillais ont toujours été fiers de leur identité. Ils l'affirment contre vents et marées, en opposition aux pouvoirs centraux, l'Empire romain, l'Église catholique, les royaumes de Provence puis de France. Ils continuent de nos jours à travers, par exemple, leur équipe de football. Tu as connu cet orgueil, ce patriotisme civique. Tu l'as éprouvé. Il fait partie de toi.

Tu n'aurais été rien, si tu étais né ailleurs. Tu es désigné à la façon grecque, par ton nom et celui de ta ville : comme Thalès de Milet ou Zénon d'Élée, Pythéas de Massalia. Vous êtes indissociables et la gloire de l'un rejaillit sur celle de l'autre.

Faire l'éloge de Marseille, c'est commencer le tien.

4

Découvrir un petit royaume inconnu, voilà qui fait battre le cœur de tous les Massaliotes ! Quelle langue parlent ses habitants ? Quels dieux vénèrent-ils ? Qu'offrent-ils au négoce ? Les Carthaginois sont-ils déjà venus ? Quels sont les goûts du roi, des principaux ministres ? Le port est-il bien protégé ?…

Celui qui débarque entouré de soldats en armes s'expose à être combattu et rejeté à la mer. Mais celui qui vient avec des cadeaux – des parures de prestige, des colliers pour les épouses, des tuniques brodées, du vin aromatisé aux épices – sera accueilli avec curiosité.

Les risques abondent : le naufrage, la captivité, les maladies, les attaques de pirates, l'échec… Combien grande sera la gloire au retour ! Plus durable et plus importante que les pitoyables victoires militaires, l'ouverture de nouvelles routes rayant la Méditerranée et transportant, de ou vers ta ville, du plomb, de l'étain, du cuivre, de la laine, du blé, de l'huile, des amphores, des armes, des bois précieux, et tant d'autres produits encore jamais vus.

Acheter, vendre, transporter, satisfaire tous les besoins et en susciter de nouveaux : voilà qui résume toute la diplomatie, toute la philosophie et toute la religion de tes compatriotes…

À l'époque du grand-père de ton arrière-grand-père, l'un d'eux, Euthymènes, a conduit une expédition restée célèbre. Il a franchi les colonnes d'Hercule – pour nous le détroit de Gibraltar –, puis viré à bâbord – pour toi ce sera à tribord. Il a descendu le long des côtes désertiques de l'Afrique jusqu'à atteindre, le premier, l'embouchure d'un immense fleuve. De part et d'autre, un désert infiniment plat et stérile que ses eaux fécondaient. Les habitants de ces côtes étaient noirs, hostiles, malingres, parlaient une langue incompréhensible et se terraient dans des huttes de paille et de torchis. Une chaleur étouffante tombait d'un ciel opalescent et engendrait moustiques et moucherons. Dans un paysage de savane, de palmiers, de roseaux se prélassaient hippopotames et crocodiles.

Une conclusion s'imposait : il avait atteint l'autre bouche du Nil. La similitude des paysages, des hommes, des bêtes, des plantes le prouvait. Lui-même ou quelques-uns de ses marins avaient déjà navigué jusqu'au delta et pouvaient en attester. Tous après lui en ont été convaincus et l'ont répété.

Pendant vingt siècles, la découverte d'Euthymènes a été tenue pour une vérité incontestable. Quelque part très loin au fin fond de la Haute-Égypte, le Nil se partageait en deux et coulait moitié vers la Méditerranée moitié vers l'Atlantique. Il fallut attendre les navigateurs portugais du XVe siècle pour retrouver le fleuve Sénégal, et lui redonner sa place exacte et son identité.

À l'époque du grand-père de ton arrière-grand-père – un passé déjà lointain pour toi, mais pour moi vous êtes contemporains –, ta ville envoyait déjà une expédition au-delà des confins du monde connu. Qui peut croire qu'il n'y eut rien entre vous ? L'exploration est, pour une cité marchande, une respiration indispensable. Et un investissement nécessaire. En ton siècle, combien de navigateurs sont partis, combien sont revenus ?

Tu n'es pas un accident : tu es une continuité. Plus audacieux, plus chanceux, plus malin, plus instruit que nombre de tes prédécesseurs, peut-être, mais dans leur sillage.

Euthymènes et Pythéas : non pas deux exceptions, non pas les deux bouts d'une chaîne, mais deux noms prestigieux parmi bien d'autres. Deux hommes bénis des dieux qui ont pu aller plus loin que leurs prédécesseurs, et en revenir. Deux hommes dont la mémoire s'est conservée.

Ni l'un ni l'autre n'avez découvert de ressources inexplorées ou de marchés à conquérir. Vos deux voyages ont été inutiles. D'autres explorateurs bien plus tard ont de même espéré, mais en vain, pouvoir revenir triomphants des commerces futurs. Quelques rêveurs ont décrit imprudemment des perspectives glorieuses, le président de Brosses imaginant depuis Versailles les hommes heureux d'un Troisième monde antarctique, Kerguelen voulant à tout prix apercevoir des forêts, du charbon, des diamants sur les rivages de sa découverte, Paul-Émile Victor s'extasiant devant les minerais enfouis sous les glaces de l'Antarctique... La réalité est venue les rappeler à l'ordre.

Tu l'as constaté, et en as loyalement rendu compte : point d'indigènes à qui acheter ou vendre ; point de mines ou de forêts à exploiter ; rien que la glace et l'eau, et des îles inhospitalières.

Euthymènes, qui s'est trompé et n'a rien écrit, a longtemps été cru sur parole. Toi qui as révélé dans ton traité une vérité de notre planète jusque-là ignorée, tu as été mis en doute, critiqué. Tu as bien moins convaincu que ton aîné.

J'en suis désolé pour toi. Mieux vaut rester dans les catégories repérées – l'embouchure d'un fleuve, même si ce n'est pas le bon –, que décrire des réalités que l'imagination refuse. Les Massaliotes, et tous les sages de l'Antiquité après eux, ne pouvaient pas penser ce que tu leur proposais.

Voyageur, menteur, conteur, ces mots sont si proches… Comment les distinguer ?

5

Ta première école : la maison paternelle.

À ton époque, un fils de berger se fait berger, un fils de pêcheur pêcheur. Toi aussi tu as repris la profession de ton père.

Pour que tu sois explorateur, il fallait qu'il soit négociant. Ce métier recouvre bien des professions qu'aujourd'hui nous séparons : armateur, capitaine au long cours, directeur d'une affaire d'import-export, grossiste, détaillant, assureur, banquier, actionnaire, administrateur de sociétés… S'y ajoutent des charges municipales : juge de paix, contrôleur des poids et mesures ou officier de santé. Selon les années, la situation politique et celle de sa fortune, il joue au mécène et pour augmenter son prestige offre à la ville la décoration d'un temple ou l'organisation d'une fête.

Aussi loin qu'il t'en souvienne, des visiteurs viennent respectueusement s'entretenir avec lui. Certains l'embrassent ou lui donnent une virile accolade, d'autres portent leur main droite au-dessus de leur tête, d'autres encore joignent les mains sur leur poitrine et s'inclinent. À chacun il rend le salut comme il lui a été donné.

Leurs discussions sont trop complexes pour un enfant, et la plupart ne parlent pas le grec : des interprètes rendent intelligibles leurs borborygmes et grognements. Il y a des colères, des serrements de mains, de longs calculs, des chuchotements, des rires sonores, des serments, et le vin qui coule à flots… Tu as appris à reconnaître les différentes races barbares : le Gaulois, tatoué, bien bâti, aux longs cheveux châtains ; le Levantin subtil, à la barbe peinte et parfumée, vêtu de soieries chatoyantes ; le Breton roux, râblé, taiseux ; le Libyen, enveloppé d'étoffes qui ne laissent apparaître que ses yeux, toujours accompagné d'un esclave noir qui attend son maître à la porte ; l'homme du Nord, de haute taille, avec ses yeux bleus et ses étranges cheveux jaunes. Parfois l'un d'eux sort de son sac quelque objet pittoresque qu'il t'offre pour amadouer ton père : une rose des sables, une pierre aux reflets verts, une dent torsadée, une breloque faite de coquillages, un fruit mystérieux qu'il t'invite à croquer.

Tu as toujours su qu'entre ces visiteurs et les navires de ton père existe un lien profond. Leurs conversations et les marchandises participent à un même flux. Tu as toujours su que ta vie comme celle de ton père aurait comme centre de gravité de telles transactions.

Parfois des marins qui t'ont vu naître te racontent des tempêtes terribles, des baies enchanteresses, des fortunes de mer, des accidents et des morts. Tu écoutes la musique de ces noms de lieux, tu respires dans leurs récits l'odeur des embruns, tu frissonnes, tu ris, tu ressens roulis et tangage depuis le seuil de ta maison.

Que peuvent-ils connaître de la diversité du monde, ceux qui ne l'ont pas apprise à l'âge où l'on joue aux osselets ?

Ta deuxième école : le port, celui que nous appelons depuis le milieu du XIXe siècle le Vieux-Port. Le cœur battant de la ville.

Les navires mouillent le plus souvent sur rade et déchargent leur cargaison dans des barques qui vont à terre. Des pieux leur permettent de s'amarrer, des pontons et des estacades facilitent le transbordement. Une foule de matelots, de dockers, de portefaix, de muletiers attendent l'embauche. Des sacs se renversent. Des injures fusent. Les vendeuses de poisson s'en mêlent. La foule rit.

Tu y passes tout ton temps libre, avec ton frère aîné. Car je devine que tu es le cadet, le Massaliote. Chef de la maison, tu ne serais jamais parti en expédition lointaine, c'eût été trop de risques. Ta position de cadet t'ouvre tous les horizons.

Parfois, pour des motifs aussitôt oubliés, des bagarres éclatent entre les gamins. Courageux, tu y reçois ta part de coups. Un jour où Critias, ton frère, et toi rentrez à la maison, les vêtements déchirés après une mémorable tannée, et que votre mère ne peut en dissimuler les traces sur vos visages, ton père s'en émeut et sort le fouet. Critias proteste et ose lui demander pourquoi. Il répond : « Engager un combat sans véritable enjeu est une faute. Quel que soit votre différend, la violence ne doit intervenir qu'en ultime recours. Dans ce combat inutile, recevoir des coups est une autre faute. Si vous devez vraiment vous battre, gagnez ! »

Sur son ordre, un de ses matelots vient vous apprendre à parer les attaques, à mieux utiliser pieds et poings, à ne pas avoir peur d'un adversaire plus grand ou plus costaud.

Un inoubliable matin d'automne, ton père prend ses deux fils dans une barque pour se rendre sur un navire qui vient d'arriver avec un retard tel qu'on le croyait perdu.

Le capitaine dévoile les trésors qu'il rapporte du Pont-Euxin et de Colchide – pour nous la mer Noire et la Géorgie : des fourrures blanches d'une finesse et d'une douceur inimaginables ; des bracelets, boucles de ceinture, poignées d'épée, gobelets en argent ciselé aux motifs torsadés ; des cuirs infiniment souples aux reflets bleutés ; sortis d'une caisse emplie de sable, des coupelles et des tasses blanches et bleues, légères comme des coquilles d'œuf, ornées de paysages esquissés et de silhouettes.

Ta troisième école : le rhéteur de Syracuse.

Pendant les mois d'hiver, moins occupés, un aide de ton père vous a appris à lire, à écrire, à compter. Puis arrive de Syracuse un rhéteur, embauché pour parfaire l'éducation de Critias, la tienne et celle de deux cousins du même âge, pour partager les frais. Anaximène est un jeune homme formé à Athènes et curieux de tout. Il cite volontiers Aristote : « Un élève, ce n'est pas un vase qu'on remplit, c'est un feu qu'on allume. »

Quel feu dans ton cas, le Massaliote ! Un feu qui malgré les froids et les nuits polaires brûle depuis vingt-cinq siècles dans le cœur des hommes...

Les leçons occupent toute la matinée. Tu aimes les chiffres, leurs jongleries, leurs métamorphoses. Et tu découvres leur pouvoir, leur violence insoupçonnée : « Un Massaliote prête à un Lydien cent drachmes au taux de trois pour cent par an. Combien le Lydien devra-t-il rembourser la huitième année ? » Tu trouves la bonne réponse, et tu ajoutes que si le Lydien ne paie pas tu vendras son fils premier-né comme esclave. Anaximène sourit : cette remarque n'est pas utile à la solution du problème. Et tu rétorques que la vie ne se résume pas à un résultat chiffré. Que t'importe le montant de ta créance, si tu n'es pas en mesure de la recouvrer ?

La poésie, elle, ne te parle guère. L'essentiel de tes études est dédié à Homère. Tu as d'abord été surpris par l'*Iliade*, cette manière nouvelle de raconter une histoire aux rebondissements sans fin.

« *Chante, déesse, la colère d'Achille, fils de Pélée…* »

Mais c'est l'*Odyssée* qui t'a fasciné. Tu en connais des passages par cœur, que tu peux réciter trente ans plus tard. Lorsque résonnent ces vers, tu es, bien sûr, Ulysse le rusé.

Les leçons de géographie et la description du monde te passionnent, surtout lorsque ton père s'y invite. Avec eux, tu apprends la forme de la Grande Grèce, les îles du Dodécanèse, les baies d'Asie Mineure, le voyage d'Euthymènes. Quel bonheur de réciter la liste des ports pour chacune des sections de la grande mer ! Un jour, te souvenant des porcelaines venues d'au-delà de la Colchide, tu demandes ce qu'il y a loin là-bas. Le rhéteur de Syracuse ne sait pas. Ton père révèle ce qu'il en a entendu dire : après plusieurs mois à dos de chameau à travers montagnes et déserts, on atteindrait un immense empire, mais on ne sait rien des hommes qui y vivent, sinon qu'ils fabriquent ces coupes, les plus fines qu'on ait jamais vues. Si quelques voyageurs ont pris cette route, aucun n'en est jamais revenu.

Les après-midi sont consacrés aux exercices du corps : la lutte, où tu excelles ; la course à pied, que tu découvres ; l'équitation, où tu ne seras jamais à l'aise. Parfois Anaximène emmène ses élèves déambuler dans la ville. À partir d'un détail d'un temple, d'une charrette en travers d'une rue, de la forme d'un nuage, d'un juron entendu, il se lance dans de vastes explications sur les sujets les plus divers.

Une fois par semaine, vous allez ensemble à une séance du tribunal ou à une cérémonie officielle, et il faut ensuite redire de ton mieux les plaidoiries de l'une et l'autre partie ou les discours entendus. Le rhéteur vous apprend à parler non pas comme un matelot ou un bouvier, mais à voix haute et lente, comme un orateur qui choisit ses effets et module son débit. Tu aimes les duels d'éloquence – non pas l'éloquence, mais les duels.

L'été, ton père te confie à son capitaine le plus expérimenté pour des navigations sans risque vers les Baléares ou la Corse. À bord, tu ne bénéficies d'aucun privilège et tu travailles aussi dur que l'autre mousse : obéir dans l'instant, balayer sans cesse, apporter en courant le marteau que réclame le maître de manœuvre, aider en cuisine, monter au sommet du mât, dormir par intermittence. Sans cesse houspillé, sans cesse occupé, tu commences ainsi, à ton insu, à te rapprocher du Grand Nord. Quand la nuit tu lèves la tête, la Petite Ourse avec l'étoile Polaire n'est-elle pas la première constellation que tu recherches ?

À ton retour, combien fades te paraissent les sages leçons du rhéteur de Syracuse ! Tu t'en plains à ton père, au risque d'une réprimande. Il te répond doucement : « Tu dois apprendre à marcher sur deux pieds : le savoir et l'expérience. Privilégier l'un ou l'autre, c'est choisir de boiter, et donc d'avancer moins vite. »

Ton frère a pris de l'assurance, du muscle, un soupçon de moustache. On l'appelle parfois Critias le jeune pour le distinguer de ton père, devenu Critias l'ancien. Tu ressens une inexplicable amertume à les entendre nommés ainsi.

Ronge ton frein, Pythéas ! C'est ton nom à toi qui survivra.

6

Un an après ton frère, à ton tour de partir pour Athènes !

Tu embarques sur l'un des navires de ton père, avec un chargement de fer, de laine et de vins provençaux. À bord, tu n'es plus mousse, mais le subrécargue, le représentant de l'armateur. Tout t'intéresse, tu poses mille questions. Le capitaine, qui s'amuse à te demander respectueusement ton avis, te montre comment se repérer loin des côtes, comment identifier la bande de terre qui apparaît sur l'horizon, comment régler les voiles pour s'adapter au vent. Il t'apprend à utiliser le gnomon, cet instrument conçu par les Babyloniens qui permet, par une visée sur le soleil, de déterminer la latitude d'un lieu.

Vous faites route vers Syracuse, pour y déposer Anaximène et pour vendre la cargaison. Ton père t'a donné les prix en dessous desquels tu ne dois pas descendre. Les négociants défilent, font des offres, et si le vin ne trouve acquéreur qu'au prix plancher, le fer et la laine se vendent mieux que prévu. Il faut maintenant trouver du blé. Ton père t'a prévenu : les récoltes en Sicile ont été excellentes et les greniers débordent. Il t'a fixé un prix à ne pas dépasser. Aucun bateau n'est passé depuis quelque temps, tu peux acheter soixante sacs à l'un, cent à l'autre, jusqu'à remplir les cales.

Comme ton père à l'entrée de son entrepôt, tu en vérifies toi-même et avec minutie la qualité. Lors de ton ultime achat, tu constates que quatre sacs contiennent, sous une mince couche de blé de belle qualité, un amas de grains à moitié pourris, de crottes de souris, de balayures et déchets divers. Tu les fais mettre de côté, et lorsque le négociant revient se faire payer, tu lui montres ta découverte. Il prend l'air surpris, s'excuse à peine, impute cette mésaventure à ses commis et promet de te remplacer les objets du litige. Tu as eu le temps de réfléchir et de préparer ta contre-attaque.

« Un sac avarié, c'est une malchance qui peut arriver. Quatre, c'est une tromperie. Tu vas certes me les remplacer, mais au tarif de quatre pour un. »

L'autre proteste, hurle, insulte à tout va les Massaliotes et tous leurs dieux, et refuse absolument de céder aux diktats d'un gamin.

« Si tu ne veux pas, j'irai trouver le consul des marchands et le maître du port. Tu y perdras bien plus que douze sacs de blé. »

La présence muette du capitaine à tes côtés te donne la force de continuer. Tu repenses aux leçons d'Anaximène, et à celles de ton père : « Ces drachmes que je te confie, que tu vas tenter de faire fructifier, n'oublie jamais qu'elles sont les nôtres. » Ton cœur bat à tout rompre et tu parviens à ne pas trembler. Ta voix reste ferme, avec un rien de lenteur voulue. La conversation se déroule à peu près comme tu l'as prévu.

La colère n'ayant pas réussi à t'émouvoir, l'imbécile tente la menace et murmure d'un ton fielleux :

« Va voir qui tu veux dans ma ville, moitié d'homme sans aucun poil au menton ! Va pleurnicher ! Mais ne t'étonne pas si au détour d'une rue tu rencontres un poignard…

– Si tu me fais assassiner pour une affaire aussi banale, tous les navires de Massalia et des cités amies organiseront un blocus de Syracuse. Ils n'en repartiront qu'après que tes compatriotes auront jeté par-dessus les murailles ton cadavre aux chiens errants. »

Le Syracusain, qui ne s'attendait pas à pareille réponse, blêmit, ricane et bredouille qu'il plaisantait. Tu laisses passer un silence assez long pour être humiliant, et répètes tes conditions : « Douze sacs de blé. Avant ce soir. »

Le chargement terminé, tu vas fêter ta victoire avec le capitaine dans une taverne. Tu as promis de t'abstenir de démarches officielles, tu n'as pas promis le secret. Bientôt tout le monde se gausse de la sottise du négociant dans l'affaire des soixante-deux sacs payés cinquante.

À ton arrivée au Pirée, tu vends correctement le blé, puis le capitaine t'accompagne à Athènes pour retrouver ton frère. Vous tombez dans les bras l'un de l'autre.

Il habite une grande chambre dans l'auberge de la veuve Eudoxia, deux petites maisons donnant sur une courette. Tous les Massaliotes, étudiants, marins de passage, envoyés officiels, négociants s'y retrouvent. On peut y laisser son argent en toute sécurité, échanger les dernières nouvelles et les rumeurs piquantes, faire partir du courrier et en recevoir. Le premier soir, dans la cour plantée d'un figuier et d'un tilleul, Critias te fait goûter le vin de Chypre à la myrrhe et au miel, la boisson à la mode, et te raconte sa nouvelle vie. Il partage désormais sa chambre avec toi.

Fier de guider son petit frère, il te fait tout visiter, l'Acropole, les temples, les marchés, les promenades publiques, le Portique, l'Académie, le stade, le quartier des plaisirs, celui des artisans. Que cette ville est immense ! Tu te perds, tu te noies dans autant de beauté, autant de savoirs et de talents, autant de monuments et de souvenirs du passé. Le spectacle des rues et des places, de la foule diverse et raffinée te fascine, et tu souris lorsqu'un vendeur de fruits devine d'où tu viens à ton accent chantant.

Critias t'emmène au théâtre entendre les pièces de Sophocle et d'Euripide. Mais à la différence de ton frère, tu t'y ennuies vite et ces histoires imaginées ne t'émeuvent pas.

Un mois de promenades, de découvertes et d'émerveillements ne suffit pas à épuiser les charmes d'Athènes. Le temps de renouer avec les études est venu.

Pas de temps à perdre, le Massaliote ! Tu ne le sais pas encore, mais pour entreprendre une expédition lointaine et en revenir, il faut te préparer minutieusement et ne rien laisser au hasard. Dans de telles aventures, aucune place pour les dilettantes : ils échouent, ou meurent. Tes successeurs – en tout cas ceux qui ont réussi – auront tous acquis une solide formation d'officier de marine ou d'ingénieur.

Il t'appartient de choisir et de payer les maîtres dont tu veux suivre l'enseignement. Tu essaies ceux dont tout le monde parle avec respect, mais aussi ceux qui défendent des conceptions originales. Tu es exigeant, et peu à peu tu sélectionnes ceux qui te conviennent. Parmi les leçons entendues, tu retrouves avec plaisir les mathématiques, où de nouveaux concepts semblent forgés tous les jours dans ce creuset des connaissances. Tu en sais autant qu'Anaximène de Syracuse, c'est-à-dire presque rien, mais tu progresses vite et rejoins peu à peu le cénacle des bons étudiants auprès de qui les maîtres peaufinent leurs démonstrations. Par la science des nombres, tu peux faire des calculs de distance, d'angle, de durée. Cette abstraction qui ennuie prodigieusement Critias débouche sur des réalités pratiques aux possibilités innombrables.

Si la géographie ne s'enseigne pas, dans la cour ombragée d'Eudoxia tu ne perds jamais une occasion d'écouter les marins raconter leurs navigations en buvant un coup à la fraîche. Ils mentent rarement, mais souvent ils enjolivent : tu as appris à faire la part des choses. Ne dit-on pas partout que les Massaliotes exagèrent toujours ?

Au gymnase, tu reprends la course et la lutte, et tu y acquiers une petite réputation. Tes débauches restent raisonnables et tu fuis les scandales. Tu ne gaspilles pas l'argent que ton père t'alloue, mais tu ne manques de rien. Lors de brefs voyages, tu découvres l'Attique, Eubée, Corinthe, Sparte et tout le Péloponnèse, la Thessalie…

Lorsqu'au bout d'un an Critias, qui estime avoir appris tout ce dont il a besoin, repart pour Massalia et son premier commandement d'un navire, tu es parfaitement adapté à ta nouvelle vie. Tu portes sandales et tunique à la grecque, une barbe naissante et bouclée, des yeux soulignés de khôl, une discrète boucle d'oreille. Tu as des camarades, point d'amis.

Ayant triomphé de l'Empire perse, Athènes, adossée à la ligue de Délos, est alors au faîte de sa puissance. Tu ne le mesures pas vraiment, tu ne suis guère les rebondissements des débats politiques de l'agora. Tu te laisses juste porter par l'effervescence de la ville la plus importante du monde.

Chaque été, un message laissé chez Eudoxia te prévient. Tu descends au Pirée et embarques comme subrécargue sur l'un des navires de ton père. Naxos, Rhodes, Sidon, Chypre, Phocée, Héraklion de Crète, Siphnos… Tu achètes, tu vends, tu calcules les bénéfices, tu évites les pertes. Ces quelques semaines n'ont pas de saveur particulière, mais tu y perfectionnes ta connaissance de la mer et du commerce.

Si tu cherches l'aventure, apprends : elle arrive à l'heure qu'elle choisit. Nul ne la convoque.

La troisième de tes années athéniennes, tu parcours le Pont-Euxin. Tu y affrontes ta première vraie tempête et découvres la peur. Non sans mal, tu essaies de calquer ta conduite sur celle du capitaine, impassible face à la fureur des éléments. Un marin emporté par une vague scélérate passe par-dessus bord en hurlant et se noie sous tes yeux. Il y en aura d'autres dans ta carrière, le Massaliote, et tes larmes ne le ressusciteront pas.

De port en port tu t'étonnes de ces ultimes confins du monde grec où bien peu parlent ta langue, de l'embouchure de ces fleuves immenses, de ces steppes sans fin, de ces nuages qui révèlent des immensités. Et qu'y a-t-il au-delà ? La question que tu te posais déjà dix ans plus tôt devant des porcelaines bleues et blanches d'une finesse jamais vue ne cesse de te tarauder. Tu interroges les notables des comptoirs où tu fais escale, on te parle d'hommes à deux têtes et deux nombrils, de géants cannibales et stupides, de dunes de sable plus hautes que les plus grands arbres et qui se déplacent, d'amazones guerrières qui tirent à l'arc, de dragons endormis sur des montagnes d'or, de princes fastueux et cruels, de monstres à visage humain, corps de chien et queue de scorpion… Tu n'es pas entièrement convaincu par ces récits de troisième main. Mais, même exacts, ils ne te suffiraient pas. Qu'y a-t-il au-delà ? Et encore plus loin ?

Le lendemain de ton retour, Eudoxia t'appelle : un visiteur t'attend dans la cour. Tu descends et découvres Anaximène, qui peine à te reconnaître tant tu as grandi et forci. Tu vas pour le saluer avec respect, il te serre longuement dans ses bras.

Après trois années de séparation, vous avez tant de choses à vous dire ! Tu racontes ta vie athénienne, et il veut tout savoir des maîtres et des thèmes à la mode, de ce que tu as appris, comment et avec qui. Lui revient de Tarse, puis de Néapolis où il a enseigné la rhétorique, la grammaire et la logique. Il te décrit la ville au pied du Vésuve, le port, la baie, les îles.

Quand tu étais enfant, il t'impressionnait tant son savoir te semblait sans limites. Maintenant tu vois en lui un homme timide, encore jeune, un peu naïf, parfois exalté. Il consacre désormais tous ses efforts à l'écriture d'un long poème sur l'histoire de Massalia. Les récits qu'il avait collectés dans ta ville ont été complétés par ses lectures dans les bibliothèques au cours de ses voyages.

Pendant quatre jours, avant qu'il n'embarque pour rentrer chez lui, vous ne vous quittez pas. Le rhéteur de Syracuse est toujours aussi bavard. Quel que soit le sujet, il brode, il se perd dans des digressions, rebondit sur un détail, revient on ne sait comment à son point de départ. Cette faconde qui autrefois t'éblouissait te donne un peu le tournis, car elle révèle une absence de méthode. Tu n'es plus son élève, mais tu es resté son public. Dans les rues et les places d'Athènes, tu es sa seule chance de briller.

Tu l'interroges sur ses voyages, mais il n'a rien vu de l'Asie Mineure depuis Tarse ni de la Grande Grèce depuis Néapolis. Enfermé dans l'histoire, il n'a éprouvé aucune curiosité pour les confins de ces régions.

7

Permets-moi maintenant, le Massaliote, d'évoquer Prodicos de Milet. Je sais bien qu'il n'a aucun lien avec tes aventures, qu'il n'a compté dans ta vie que pendant quelques mois. Tu l'as peut-être même oublié. Laisse-moi raviver son souvenir. Accepte de revivre cet hiver et ce printemps...

Un soir, lors d'une récitation de poésie donnée chez un richissime négociant de Pergame, tu te trouves assis à côté de lui. Tu le connais un peu, le fils de l'architecte de la ville de Milet. Ce garçon vif, de petite taille, aux cheveux frisottés, au teint olivâtre suggérant une ascendance perse ou mède, portant une barbichette taillée à la mode lydienne, a la réputation d'être malicieux et travailleur. Il se murmure qu'il combat un léger bégaiement, ce qui ne l'empêche pas de participer brillamment à des joutes oratoires.

Alors que l'aède achève une élégie et entame une déploration sur la mort d'une nymphe des eaux, Prodicos sans mot dire prend ta main dans la sienne et la serre tout le temps que résonne la voix du récitant. Lorsque survient la pause et que tournent les pichets de vin, il se lève et se dirige vers un couloir sombre. Sans vraiment comprendre ce qui se passe, tu l'y rejoins. Sans préalables, il t'embrasse avec fougue, et tu t'abandonnes. Ses mains expertes te prodiguent des caresses, flattent tes épaules, ton dos, tes bras dessinés par la lutte et la course, se noient dans tes cheveux, rejoignent tes mains maladroites.

Les prostituées d'Athènes, ou ces filles qui dans les escales du Pont-Euxin, se retrouvaient dans ton lit t'ont initié aux plaisirs. Ce que tu ressens avec Prodicos est d'une autre nature : deux désirs se rejoignent, rivalisent, se retrouvent, se perdent, s'augmentent l'un l'autre. Tu n'as jamais ressenti un pareil tumulte intérieur, une vibration qui t'emporte autant, le dixième de cette plénitude dans chacune des parcelles de ta peau…

Lorsque Prodicos toujours muet reprend sa place parmi les auditeurs de poèmes, tu n'as pas la force de l'imiter. Tes jambes flageolent, les étoiles dansent au ciel, et tu rentres chez Eudoxia en titubant comme un homme ivre.

Le lendemain et les jours suivants, plus question d'aller écouter une savante leçon ! Tu pars à sa recherche. Il n'est ni dans sa belle maison de Pláka ni auprès de ses maîtres préférés. Tu questionnes à tout-va, tu parcours la ville en tous sens, mais en vain. Tu ne dors plus, tu ne penses qu'à le retrouver. Son absence te fait souffrir, et tu apprends à aimer cette souffrance, car elle te relie à lui.

Le soir du quatrième jour, il apparaît dans un banquet où tu t'es laissé entraîner, se lance dans de grands discours décousus ponctués d'éclats de rire, dépose sur ta tête la couronne de roi de la soirée, boit trop. Tu restes à ses côtés, comme un esclave veillant son maître, pendant que toute la tablée chante et réclame du vin de Crète aux saveurs de thym et de cédrat. Et tu le raccompagnes chez lui.

Votre première nuit fut un long éblouissement.

Dans le regard de Prodicos et pour la première fois de ta vie tu apprends à te trouver beau.

Au matin, il ouvre un coffre en bois de cèdre qui jouxte le lit et en sort un lacet de cuir qu'il te passe autour du cou. Y est accrochée une pierre translucide de couleur orangée. Tu lui demandes ce que c'est, il te lance, narquois : « Du sang de dragon ? Une larme de licorne ? Va savoir… » Tu porteras ce bijou jusqu'à ton dernier jour.

Dans l'ivresse de cette journée, tu découvres étonné le luxe dans lequel il vit : une grande maison meublée avec faste, avec une salle de réception assez grande pour une trentaine de convives ; un jardin intérieur où murmure une fontaine ; deux esclaves à son service…

Parmi les objets de décoration, un trépied en bronze présente un œuf énorme, d'un blanc crème moucheté de gris, plus gros que la plus grosse des pastèques. Quel oiseau géant l'a-t-il pondu ? Et dans quel pays ? Ton hôte sourit, te signifie d'un geste désinvolte qu'il n'en a pas la moindre idée et s'en moque. Il a toujours vu là ces cadeaux offerts à son père et n'a pas envie d'être sérieux. Il te reproche d'être parfois ennuyeux. Qu'importe d'où vient la coupe, pourvu qu'on boive le vin…

Tu passes de moins en moins de nuits chez Eudoxia. Tu abandonnes la course et la lutte. Tu négliges les maîtres que tu affectionnais pour accompagner Prodicos auprès des siens. Faut-il vraiment prendre au sérieux cette science du beau langage, ces vertigineuses constructions métaphysiques ? Ces distractions sont les siennes, et tu les supportes si tu peux passer la journée entière aux côtés de ton ami, et lui consacrer la traversée des nuits et les calmes de l'aube…

Comme les Massaliotes chez Eudoxia, les Milétiens aiment à s'arrêter dans la résidence de l'architecte et discuter avec son fils. Prodicos se destine à exercer les plus hautes charges publiques dans sa ville, et ses leçons de rhétorique et de philosophie y contribueront moins que ses échanges approfondis avec ses compatriotes de passage. Souvent tu te joins aux rires et à la conversation. Lorsque, redevenu sérieux, tu les interroges sur leurs voyages, sur les montagnes qui bordent l'Asie Mineure, sur la mer qui paraît-il s'étend au-delà des déserts, tu n'obtiens que des réponses évasives, si évasives qu'elles en sont discourtoises. Tu insistes : les descriptions de l'Inde par Ctésias de Cnide sont-elles vraies ou fausses ? Seuls des sourires narquois te répondent. Sans doute ne voient-ils que ta jeunesse et ton inexpérience. Tu pensais naïvement que les connaissances des lointains étaient comme une source à laquelle chacun peut s'abreuver et étancher sa soif, tu comprends qu'elles constituent un capital qu'on ne divulgue pas. Il te faudra les conquérir par toi-même.

Quatre mois après votre rencontre, Prodicos tombe sous le charme d'un Macédonien, un grand gaillard au sourire un peu niais, qui parle peu et mal. Congédié d'un baiser, tu marches sans but dans la nuit athénienne, comme au sortir d'un rêve. Tu ne pleures pas vraiment, tu es juste secoué. Pendant deux jours et deux nuits sans quitter ta chambre tu composes un poème, mêlant supplications, reproches, souvenirs, insultes et éloges, puis, sans l'achever, tu le jettes.

Tu vivais jusque-là dans l'instant, il te faut revenir au monde réel. Les tavernes se succèdent et t'accueillent. Ta vie d'avant, dans laquelle tu reviens, te semble fade, la cour d'Eudoxia poussiéreuse, tes maîtres ennuyeux. À quoi bon toutes ces leçons répétées…

Lorsque ton père te réclame, la perspective du retour à Massalia, que tu aurais redoutée un peu plus tôt, te réjouit. Il te faut quitter ces journées nonchalantes et vaines de savants débats, de soirées qui s'étirent, de contentement sans responsabilités. L'auberge d'Eudoxia. Le ciel implacable de l'Attique. Et le souvenir de Prodicos.

Tu poses ton sac à bord, et pendant quelques mois, subrécargue à nouveau, tu alternes cabotage dans les îles et traversée jusqu'à Naucratis, dans le delta du Nil. Les Grecs ne sont pas autorisés à remonter plus haut le fleuve-roi. Les négociations avec les autorités dont il faut graisser la patte, les marchandages avec les clients et les fournisseurs t'y arrêtent pendant six longues semaines, dans la chaleur humide de l'été égyptien. Les mélopées des portefaix noirs, chantées sourdement dans une langue incompréhensible et accompagnées de tambours, résonnent la nuit.

Parmi les Thébains que tu rencontres, quelques-uns ont voyagé. Tu les interroges inlassablement. Qu'y a-t-il plus loin que l'Égypte ? Nubie, Éthiopie… à quoi ressemblent ces pays de légende ? Les récits de ceux qui acceptent de te répondre t'amusent, mais te déçoivent un peu : que d'approximations, de racontars, de contradictions, de songes éveillés ! Au-delà des dernières cataractes commencent les Royaumes obscurs : des forêts immenses, des serpents et des singes géants, des lions, des princes batailleurs maniant plus volontiers le poison que l'épée ou l'arc, des mines d'or, des femmes qui s'offrent aux voyageurs… À nouveau un fatras inexploitable, un tissu mêlant à parts égales souvenirs vécus par d'autres et contes pour enfants…

Ils te font penser à ces passages de l'*Odyssée* que tu récites volontiers, qui abondent en monstres et en sortilèges, alors qu'aucun marin n'en a jamais croisé en Méditerranée. Mais la relation du voyage d'Ulysse ne prétend pas être un traité de navigation. L'espace du poème n'est pas celui de la vie. Et c'est la vie qui t'intéresse.

Les historiens comme Anaximène ont bien de la chance, qui peuvent interroger des témoins et lire des textes de toutes sortes afin de construire un récit étayé par des dates. Longtemps après les guerres et les révolutions, ils peuvent les expliquer et les commenter. Les certitudes leur sont permises.

En astronomie, les débats portent sur la taille et la forme de la Terre, de la Lune et du Soleil, leurs distances respectives, les mesures que l'on peut faire. Les calculs rendent compte de leur réalité.

Pourquoi la géographie, dès qu'elle sort de la Méditerranée, est-elle réduite à cet entrelacs de légendes rapportées par la tradition orale et que nul ne peut vérifier ? Elle peut, elle doit devenir aussi incontestable et aussi assurée que l'Histoire, aussi aveuglante que l'astronomie. Alors naît en toi, confusément encore, l'ambition de fonder une science irréfutable de la variété du monde.

8

Pendant les onze années qui suivent, il ne se passe pas grand-chose.

Dès ton retour à Massalia, à peine le temps de faire la connaissance de ta belle-sœur et de ton neveu âgé de deux mois que ton père te confie un de ses navires. Et désormais comme capitaine. À toi le pouvoir et les responsabilités à bord ! À toi l'ivresse des embruns et les choix ultimes !

L'affaire des soixante-deux sacs de blé payés cinquante n'a pas été oubliée, et malgré ta jeunesse tu jouis d'une réputation flatteuse. Jusqu'à l'orée de l'hiver, tu fais du cabotage en Méditerranée occidentale, avec succès. Tout ce que tu as observé et appris jusqu'alors t'aide. Les matelots te respectent, parce que tu aimes décider et trancher dans le vif, et que la chance te sourit souvent. Les drachmes affluent.

Alors que le mauvais temps et les longues nuits ont interrompu les voyages, ton père te prend à part avec ton frère : « J'ai une bonne et une mauvaise nouvelle à vous annoncer. Je commence par le drame : Anaximène de Syracuse, votre rhéteur, devait revenir présenter son poème sur l'histoire de la ville, mais son bateau a fait naufrage, il n'y a pas de survivant. »

Alors que Critias le jeune ne manifeste guère d'émotion, tu éclates en sanglots. L'idée que cette vie s'arrête ainsi, brutalement, sans raison, t'est insupportable, tout autant que la perspective qu'il n'en reste rien, pas même un extrait de ce texte sur lequel il a travaillé si longtemps… L'éternité est réservée aux dieux, les hommes n'y ont pas accès. Mais l'immortalité d'Anaximène, c'est toi, et tous les élèves qu'il a formés.

« La bonne nouvelle, Pythéas, c'est que j'envisage de te marier l'an prochain. Avec la fille de Zotos. »

Tu connais un peu ce négociant installé dans la rue d'à côté, et surtout ses deux fils. Sa femme et ses filles restent des ombres entr'aperçues.

Quelques jours plus tard, tu vas te présenter à ton futur beau-père. Il te questionne, et apprécie autant la franchise de tes réponses que le respect que tu lui manifestes. Le projet de mariage est confirmé. Comme le souligne ton frère avec un clin d'œil : « Bien sûr, en affaires, on peut toujours être poignardé par sa belle-famille. Mais le risque est un peu moins élevé qu'avec une simple connaissance. »

Au printemps, lui et toi reprenez alternativement la mer. Les navigations les plus longues et les plus périlleuses sont toujours pour toi, ce qui vous convient à tous les deux.

Lorsqu'il t'arrive de repenser à Prodicos, impossible de te remémorer son visage ou sa voix.

***

Il n'est pas conseillé de mettre tous ses œufs dans le même panier. Chaque voyage peut apporter la fortune, ou s'achever par un naufrage.

Tout navire, par convention et indépendamment de la réalité, est considéré comme doté de trente rames. L'armateur en conserve toujours la moitié, et propose à des confrères de lui en acheter entre trois et six. Si le projet paraît extravagant, nul ne l'acceptera. Si la confiance est là, cette quote-part des bénéfices et des pertes trouve rapidement preneur – à charge de revanche, le plus souvent. Par ce partage des investissements, les armateurs massaliotes ont pris l'habitude d'apprivoiser le hasard. Ne sont admis dans cette bourse des aléas et des gains que les collègues qui arment au moins un bateau.

Ton père n'a aucune difficulté à trouver de tels partenaires, et refuse rarement lorsqu'il est sollicité. Il n'est quasiment pas une nef massaliote sur laquelle il ne possède quelques rames – sauf celles de deux aigrefins perdus de réputation. Avec ses capitaines expérimentés, ses deux fils entreprenants, ses choix avisés, son réseau de correspondants et d'informateurs dans les ports les plus importants, sa carrière et son influence sont à leur apogée. Ton frère aîné, qui se prépare à lui succéder et continue d'apprendre à ses côtés, garantit la pérennité de la maison. Il occupe de plus en plus souvent des charges municipales – contrôleur des greniers publics, puis délégué aux travaux de l'aqueduc, puis juge adjoint – et navigue d'autant moins.

Et toi ? Tu passes plusieurs mois par an loin des tiens, ton savoir-faire est reconnu. Tu as parcouru la Méditerranée en tous sens, et maintenant tu t'aventures au-delà des colonnes d'Hercule.

À ton premier voyage dans l'océan, tu t'étonnes de son odeur, forte, ample, salée, mêlant le varech et l'écume, si différente du parfum piquant de la mer à saveur de myrte et d'oursins. La lumière aussi te surprend, avec ces ciels infinis et changeants, cette douceur et cette violence retenues, ces couleurs qui se fondent l'une dans l'autre et se transforment et te leurrent et recommencent, bien loin de la netteté sèche à laquelle tu es habitué. Et ces averses insolentes et brèves…

Et puis tu découvres le phénomène des marées. Bien sûr, tu en as entendu parler, ce n'est pas une surprise. Mais dans ce port gaulois où tu débarques, tu constates avec une certaine incrédulité, voire un peu de défiance, ce mouvement des flots. Dans ces rivages, les marins, les pêcheurs, même les enfants y sont habitués. Le lien avec les phases de la Lune est une évidence, inexpliquée. Les barques se couchent mollement dans la vase et reviendront à flot. Tu marches sur l'estran, tes bottes s'enfoncent, et tu cherches à comprendre pourquoi les vagues se sont ainsi retirées, et pourquoi elles choisissent de revenir. Qui leur en donne l'ordre et la force ? Il y a là un mystère qui se renouvelle deux fois par jour, une énigme irrésolue. Rien de ce que tu as appris à Athènes ne t'en fournit la clef. Et toute cette eau salée qui s'en va, où va-t-elle ?

Tu pourrais t'habituer au succès et croire que la navigation et le négoce sont sans risques. Détrompe-toi, le Massaliote ! Un maudit printemps, les dieux se détournent de ta ville. Au large de la Sicile, une tempête violente et subite s'en prend à un convoi de navires. Trois seulement en réchappent et rentrent pour réparer leurs avaries et compléter leurs équipages. Sept autres sont perdus corps et biens. Critias l'ancien était propriétaire de deux d'entre eux et avait des parts dans tous les autres. La ville entière est en émoi, on rassemble des secours pour les veuves et les orphelins. Ton père fait preuve, comme toujours, d'efficacité et de générosité. Lorsque vous en parlez, il te confie : « Les pertes humaines sont irremplaçables. Je connaissais quasiment tous ces capitaines, des hommes de valeur et d'honneur. Ils nous manqueront. Hélas, ils ont rencontré leur destin. Les pertes financières, elles, me sont indifférentes. Je ne ris pas quand je gagne, je ne pleure pas quand je perds. Si je n'ai pas envisagé la catastrophe ni prévu les moyens d'y faire face, je ne suis pas digne de faire ce métier. »

Pendant tes rares moments de liberté, lors des pauses hivernales ou entre deux voyages, tu continues à t'intéresser à l'astronomie. Un petit groupe de jeunes gens réunis par la même passion se retrouve de temps à autre pour réaliser des observations, partager des calculs, s'informer des dernières théories. Avec eux, dans l'arrière-salle d'une taverne, tu navigues entre étoiles, comètes, constellations, météores et éclipses. Ton père te taquine : « Quand j'enverrai un bateau sur la Lune, je te prendrai comme capitaine ! », mais parfois vous rejoint et, silencieux, écoute vos débats.

9

Tu es maintenant marié, père de deux filles sans compter un garçon mort à un mois. Ton père et toi préparez un voyage audacieux, vers le nord de l'Autre Bretagne pour acheter directement de l'étain sans passer par aucun intermédiaire en Gaule. Le vin, le blé, les armes constitueront un fret qui devra facilement trouver preneur dans ces contrées. Mais il faudra du temps pour découvrir les tribus qui ont le monopole du commerce de ce métal, établir les contacts sur place, bâtir une relation de confiance, et obtenir des prix raisonnables. Le voyage doit durer plus de quatre mois.

Cette ambition nouvelle surprend, et ne rassure pas. Comment les Gaulois accepteront-ils d'être évincés de ce négoce qu'ils maîtrisent entièrement jusqu'alors ? Et ces chefs de clans dont personne ne parle la langue, comment comprendront-ils la proposition ? Ne seront-ils pas tentés de donner l'assaut et de s'emparer du navire après avoir tué tous les marins ?

Sur les quatorze rames proposées par ton père à ses collègues, seul ton beau-père et celui de ton frère en prennent deux chacun, sans aucun enthousiasme. Tu t'es pourtant minutieusement préparé, tu as réuni le meilleur équipage pour le meilleur navire – mais sortir des habitudes et des repères balisés inquiète toujours.

Une semaine avant le départ, ton père, qui n'a pas ménagé ses efforts dans les docks et sur le port, se plaint d'une fatigue inhabituelle. Il va s'allonger en milieu d'après-midi. Lorsque ton frère s'étonne de ne pas le voir au dîner et monte le chercher, il le trouve mort dans son lit, le visage serein.

Critias n'est plus Critias le jeune, il est dans l'instant devenu chef de famille. Blanc comme un linge, il descend annoncer cette disparition subite. Vous fondez en larmes dans les bras l'un de l'autre, et bientôt tout Massalia pleure avec vous. Plusieurs centaines de personnes – négociants, doyens, légats, prêtres, juges, consuls, capitaines ou simples matelots – assistent à ses funérailles.

Comme toi, Critias a déchiré ses vêtements en public et s'est rasé les cheveux, la barbe et les sourcils en signe de deuil. Mais lui seul porte désormais le poids de mille décisions qui l'écrasent. Tout remonte à lui, et il semble se noyer dans ce flot d'informations à enregistrer et de choix à effectuer. Il hésite et souvent te consulte. Sans cesse, craignant de se faire rouler, il relit le décompte des engagements pris et reçus. Tu es obligé de l'interrompre : « Et pour le voyage vers l'Autre Bretagne ? »

Vous connaissez tous deux les risques de ce projet. Il secoue la tête, soupire, et te renvoie la question. Alors tu te lances :

« Il n'aurait pas voulu que nous l'annulions... surtout pour ce motif-là. C'était son idée et nous sommes ses fils. Il nous faut l'accomplir pour lui être fidèles. Et si tout se passe bien, comme je le crois, ceux qui ont douté reconnaîtront qu'il était visionnaire.

– Oui... Oui, vas-y, petit frère. »

Ainsi, l'âme en peine, tu pars avec seulement onze jours de retard. La Méditerranée berce doucement ta tristesse. Tu navigues ensuite à prudente distance des côtes ibériques, où abondent les comptoirs carthaginois. Dans le golfe qui longe la Gaule, tu subis une rude tempête, mais sans trop de dégâts, et cette violence à laquelle tu résistes t'aide à te ressaisir. Ton père n'aurait pas aimé que tu te laisses aller, et tu entends ses remontrances dans les hurlements du vent. Pour honorer sa mémoire, il t'appartient non de gémir mais d'agir.

Conformément à ce que vous aviez décidé ensemble, tu t'arrêtes d'abord en Bretagne, en remontant un grand fleuve jusqu'à ce port où l'eau devenue douce ne risque pas de manquer sous ta coque, mais dans laquelle ton navire s'enfonce davantage. Tes fournisseurs habituels t'attendent, et tu leur apprends la mort de Critias l'ancien. Puis, condoléances reçues, prétextant de mauvaises affaires, tu leur achètes bien moins que les années précédentes – il importe de ne pas rompre tout à fait les liens avec eux, on ne sait jamais. Après une semaine d'escale, marquée par un banquet où il te faut boire ce breuvage tiède dont tes hôtes se régalent, tu repars et retrouves l'océan. Au terme de deux jours plein ouest, alors que les côtes ne sont plus qu'un trait indistinct, tu fais mettre cap au nord. L'équipage est surpris, mais ne murmure pas.

Quand le soir tombe, l'Autre Bretagne se laisse apercevoir. Une baie se dessine, tu décides de t'y engager. Le mouillage semble abrité, la sonde est rassurante, le rivage, forêts et landes, ne montre aucune trace d'activité humaine.

Au milieu de la nuit, un matelot t'arrache au sommeil : sous l'éclairage blafard de la lune pleine, les eaux se sont retirées jusque hors de ta vue. Ton navire est posé, vulnérable, sur un lit de graviers et de sable, et craque, et gîte. Des lumières se déplacent sur le cap qui ferme la baie au sud. Craignant une attaque, tu armes tout l'équipage : nul ne doit approcher, à aucun prix, et les porteurs de torche devront être visés en priorité. Pour montrer que vous ne craignez rien, tu ordonnes à tous de chanter avec toi : chants de guerre, chants d'amour, chants de manœuvre… qu'elle te semble longue, cette première nuit dans l'Autre Bretagne !

Alors que le jour commence à se lever et qu'une pluie fine tombe, la marée remonte et le navire est à nouveau à flot. À toutes rames, vous quittez ce piège, et ayant retrouvé l'océan tu te maudis de ta naïveté. L'absence de toute embarcation aurait pourtant dû t'alerter. Mais qui aurait imaginé un marnage de trente coudées ?

Pendant deux jours sous les nuages et les averses, tu fais route au nord. Lorsque tu t'écartes des côtes, tu entr'aperçois celles de l'île Verte. Tu as toujours entendu dire qu'elle ne produit que des moutons. Elle protège néanmoins de la houle que pourrait lever le souffle continu des vents d'ouest. Enfin le veilleur signale un village à l'embouchure d'une rivière. Tu décides d'accoster.

Une petite foule t'accueille quand tu mets pied à terre, devenant ainsi le premier Massaliote à fouler le sol de l'Autre Bretagne. Tu dédies cet instant à la mémoire de ton père. Accompagné d'un matelot qui parle un peu le breton, tu vas saluer le chef du village, un long vieillard chauve et maigre, et tu lui offres une amphore de vin provençal. Ce modeste cadeau paraît somptueux à ton hôte, qui en retour fait porter à bord de la viande de porc fumé. Après quelques amabilités, tu lui expliques d'où tu viens – mais il ne connaît rien du monde, et ne s'en soucie pas – et que tu recherches de l'étain, ou d'autres métaux. Il te répond qu'il ne contrôle aucune mine, et t'indique le nord : il faut continuer assez loin par là-haut pour en trouver. Puis il te propose d'embarquer son neveu, qui justement devait s'y rendre. L'arrangement, gage de paix, est vite conclu, et tu lui fais livrer une seconde amphore.

Pendant que vous faites voile vers le nord, avec le réconfort d'un soleil timide et d'un vent constant, tu t'entretiens par le truchement du matelot bretonnisant avec le jeune homme que vous avez embarqué. Son nom, Holftkawsperth, est imprononçable, tout l'équipage le rebaptise Kaspers. Il connaît assez peu de choses sur la région des mines. Elle appartient à un royaume si grand qu'il faut plusieurs journées à cheval pour le traverser. Le roi Beodulf est monté sur le trône une dizaine d'années plus tôt, en assassinant son trop confiant frère aîné. Il vit depuis en reclus dans son château. Les habitants du nord de l'île Verte et ceux des archipels du septentrion lui paient tribut.

Trois jours plus tard, tu atteins le chef-lieu de ce royaume. Lorsque le canot accoste, toutes les maisons du village sont fermées et silencieuses, pas âme qui vive dans les rues étroites. Un détachement d'une dizaine d'hommes en armes attend de pied ferme. L'officier qui le commande interdit de débarquer. Lorsque tu fais expliquer les motifs de ta venue, il ordonne que le traducteur lui soit livré afin de recueillir la réponse en fin de journée. Dans l'attente, il faut retourner à bord. Cette prise d'otage n'est guère rassurante. Faut-il s'enfuir, comme le préconise ton second, et abandonner ton matelot à son sort ?

Tu décides de rester. Le soir, il fait signe depuis la grève et remonte à bord avec un message : une audience au château t'est accordée le lendemain matin.

Lorsque sous une pluie battante vous débarquez, avec ton traducteur et Kaspers, une escorte vous encadre, plus comme des prisonniers que l'on convoie que comme des hôtes que l'on protège. Vous traversez la bourgade dont l'étendue se révèle peu à peu. Le château, construit sur un îlot, n'est accessible que par un pont de bois qui se relève en cas d'attaque. Pour toi qui as l'habitude des acropoles, ce système défensif te semble ingénieux. Vous êtes attendus dans une première pièce par un ministre à la barbe blanche qui te questionne longuement. Les cadeaux que tu fais porter doivent être déposés sur une table. Des soldats vous fouillent sans ménagement. Enfin, par un couloir voûté sans fenêtre, vous êtes admis dans une vaste salle où trône Beodulf, entouré de quelques conseillers. La lumière est faible et tu distingues à peine son visage.

Tu le salues à la manière gauloise, avec quelques mots de breton que tu as appris par cœur, suscitant des ricanements. Puis le roi te demande ce que tu veux. La voix est ferme, celle d'un homme de ton âge.

Ton discours est prêt. Les leçons d'Anaximène – toujours surprendre, ne jamais ennuyer ni débiter des platitudes – sont présentes à ton esprit.

« Je ne viens pas en ennemi, roi Beodulf, mais en homme de paix. Je ne viens pas en ami – l'amitié est une chose si fragile… »

La traduction suscite des commentaires à voix basse, dont tu ressens l'hostilité. Le roi pose une question, à laquelle le matelot répond avec embarras, puis Kaspers, puis à nouveau le matelot. Alors Beodulf acquiesce d'un geste de la main, et le ministre te fait signe de reprendre.

« Je viens en négociant. Ma ville a faim de métal. Je souhaite que tu m'autorises à acheter les richesses de ton royaume, notamment le plomb, le cuivre, l'étain, le fer, et à vendre ce qui vient de mon pays, le vin, le blé, les armes. Tu goûteras à ces deux amphores que j'ai déposées dans ton antichambre, avec une épée que tu apprécieras, en gage de ma bonne volonté. Si ces échanges te conviennent, j'ambitionne de revenir chaque année. Je souhaite par notre transaction de ces prochains jours jeter les bases d'échanges entre nous. Durables et profitables pour les deux parties. »

Lorsque le traducteur, apeuré par l'enjeu, achève, les conseillers arborent un air dubitatif. Le ministre glisse avec un sourire menaçant :

« Nous pourrions te tuer et nous emparer de ta cargaison.

– Vous pourriez en effet. Vous vous enrichiriez une fois. Si vous choisissez la voie du commerce, vous vous enrichirez tous les ans.

– Nous vendons depuis toujours aux négociants gaulois. Pourquoi changer ?

– S'ils vous offrent un meilleur prix que moi, ne changez pas. »

La réponse contient une pincée d'insolence, dont tu te rends compte et que tu adoucis.

« Vous savourerez mon vin, vous verrez la qualité de mon blé et de mes armes. J'ai aussi quelques bijoux en or et en argent. Et des drachmes d'or si vous préférez. Et quel que soit le produit que le roi désire, je m'engage à le lui fournir à mon voyage, l'été prochain.

– Et que dira le roi aux marchands gaulois ?

– Le roi dira ce qu'il voudra. Ou rien du tout. Est-il tenu de leur rendre des comptes ? »

À nouveau, la traduction suscite des grognements, des exclamations de dépit que Beodulf fait taire d'un ordre sèchement lancé. Il se lève, dévoilant une haute taille et une solide stature, et marque la fin de l'audience : « Tu n'as pas tort, l'ami. Reviens avec tes produits, nous verrons bien s'ils nous intéressent. »

Le même détachement vous raccompagne au port. L'officier réitère son interdiction de descendre à terre. Le canot chaque matin viendra aux nouvelles. Pendant trois jours tu attends, rongeant ton frein. Te souvenant des débats de l'agora, tu imagines que ministres et conseillers se disputent sur la conduite à tenir, et que le roi réfléchit. Kaspers, trop jeune et trop loin des intrigues palatiales, ne peut rien t'expliquer. Ton navire reste immobile au milieu des mouvements du port et des marées, des bateaux de pêche qui sortent et reviennent. La tentation de la fuite rôde. Nul à Massalia ne t'en ferait le reproche.

Le quatrième jour, tu es à nouveau convoqué au château. Le ministre à la barbe blanche t'annonce que l'autorisation de négocier t'est octroyée. Tu l'en remercies d'une amphore de ton meilleur vin. Commence alors un marchandage extravagant, dont même à Naucratis en Égypte tu n'as jamais connu l'équivalent. Les prix exigés sont supérieurs à ceux que pratiquent les Gaulois, qui pourtant ne travaillent pas à perte. Ton offre suscite des protestations indignées, tu es aussitôt congédié.

Tous les matins ou presque tu te rends au château, et avec le ministre ou son adjoint tu batailles sur le nombre de sacs de blé pour cent lingots d'étain. Non sans mal, tu obtiens de visiter un entrepôt attenant pour examiner les produits : oui, ce sont bien ceux auxquels tu es accoutumé. Lorsque tu sollicites une visite des mines ou de la fonderie, un refus absolu t'est opposé.

Pendant près d'un mois, l'affaire n'avance pas. Les exigences du ministre baissent avec une lenteur désespérante. Les représentants du roi pensent que le temps joue pour eux, que tu finiras par céder, que l'arrivée prochaine des navires gaulois te mettra à genoux. Tes demandes d'audience auprès du roi lui-même sont toutes rejetées, les cadeaux que tu lui envoies te sont retournés.

Les jours commencent à raccourcir, le Massaliote ! Le sablier s'égrène et tu comprends que tous se moquent de toi...

Survient alors une tempête, subite et d'une violence rare. Tu quittes précipitamment ton mouillage trop exposé et choisis de l'affronter en pleine mer, pendant une vingtaine d'heures. Lorsque tu reviens devant le chef-lieu, tu constates les dégâts : la plupart des bateaux de pêche ont coulé, quelques maisons du bord de mer ont été endommagées. Il y a des blessés, des morts, des disparus.

Après une nuit de réflexion, tu te rends à terre – aucun soldat en vue – accompagné de ton matelot bretonnisant et de Kaspers, tu prends le chemin du château et exiges d'être reçu sur-le-champ. Quelques instants plus tard, le ministre te fait entrer, et tu lui tiens un discours ferme : « Les dieux de la mer et des vents ont montré leur colère. La mienne n'est pas moindre. Tu diras au roi Beodulf que nous appareillons demain, et par ta faute. J'ai perdu trop de temps à attendre une offre sérieuse. Les dernières propositions que j'ai faites avant la tempête sont valables jusqu'à ce soir, et il n'y en aura pas d'autres. »

Tu tournes les talons et rentres à bord. Deux heures après, une barque amène l'adjoint du ministre : marché conclu. L'échange des marchandises occupe toute une journée. Au petit matin suivant, le vent est établi, tu fais mettre à la voile, et cap au sud.

10

Chaque été désormais, tu te rends dans le royaume de Beodulf. Depuis le nord des côtes ibériques, tu gagnes directement le sud de l'île Verte en évitant toute escale en Gaule. Cette route audacieuse, hors de vue de terre, fait gagner au moins une semaine à chaque trajet.

Critias, qui ne navigue pratiquement plus, a refait les comptes à plusieurs reprises et se frotte les mains : ton premier voyage s'est révélé profitable. Les suivants le sont plus encore, et les armateurs de Massalia se disputent le bonheur de les financer.

Tu disposes d'un atout supplémentaire : Kaspers. Le jeune homme est resté à ton bord et en quelques mois a appris le grec. Il est devenu un solide matelot, insensible au froid, à l'humidité, à la fatigue ou au manque de sommeil. Son seul défaut est son goût immodéré pour le vin. Il se présente ivre à l'appareillage, et subit sans se plaindre les coups de fouet du maître d'équipage. Après avoir dessoûlé à fond de cale, et comme si de rien n'était, il reprend le travail toujours de bonne humeur.

Le roi Beodulf aussi a changé. Maintenant que vous pouvez avoir de vrais échanges par le truchement de Kaspers et que vous vous comprenez mieux, il t'invite volontiers à sa table, te sert d'abondance ce breuvage tiède qu'on boit dans son pays, t'interroge sur les sujets les plus variés et semble t'apprécier. Un soir même, il te demande si, à ton avis, son ministre se rend coupable de détournement de fonds. La hache du bourreau luit dans cette question, et tu as bien du mal à te dépêtrer d'une affaire aussi délicate.

Les arbres de ce pays sont rares et chétifs, épuisés par les coupes. Les fonderies en sont gourmandes à l'excès. Fort de ce constat, tu proposes au roi de lui acheter du minerai brut pour qu'il soit fondu à Massalia. Les deux parties y trouvent avantage, et tes bénéfices s'envolent.

Chaque année, à ton arrivée, tu lui offres un couffin de figues sèches, friandise que tu lui as fait découvrir et dont il raffole. Et pour le jour de l'audience formelle, tu t'ingénies à trouver un cadeau original : une fourrure gris blanc venue de Scythie, un vase en verre soufflé de Sidon, des bracelets aux ornements d'or, une carapace de tortue de la taille d'un berceau, une pièce de soie aux reflets moirés. Le roi s'en divertit comme un enfant. Lorsque tu lui offres une statue d'Aphrodite en marbre de Paros, il l'admire longuement et l'installe en bonne place dans la salle d'honneur du château. Puis il fait apporter un objet tout en longueur enveloppé dans une étoffe.

« Ouvre, le Massaliote, c'est pour toi, et notre amitié de six années. »

Tu remercies, et dévoiles une longue pièce d'ivoire, blanche, torsadée, sciée net à sa base, bien plus longue que ton bras. Pour avoir bien lu Aristote, tu reconnais aussitôt une corne de licorne, ce miraculeux antidote à tous les poisons. Sa valeur est inestimable, ce dont le roi ne semble pas conscient.

« Ton précieux cadeau scelle notre amitié et je t'en remercie. Mais au fait, cette corne, d'où vient-elle ? »

Beodulf écarte la question d'un geste vague, indifférent. Peu importe. Où que soit le pays des licornes, il n'est pas trop éloigné de celui-ci. Tu te promets de le découvrir.

À deux reprises, au lieu de rentrer directement, tu pars vers le nord et fais le tour de l'Autre Bretagne. Tu relèves des positions, supposes que sa forme générale est triangulaire, comme la Sicile, mais plus grande. Dans les quelques ports où vous mouillez, les natifs se montrent peu accueillants, et vous ne recueillez pas d'informations utiles. Kaspers le confirme, aucune ressource en minerai.

Lorsque le roi te demande d'embarquer deux de ses officiers pour une tournée dans les archipels du Septentrion, tu acceptes, bien sûr. Comment résister à la tentation d'aller encore plus au nord ?

Pendant trois semaines, tu navigues dans ce lacis de petites îles – tourbières, falaises noires, cascades tombant dans la mer, moutons dans les prés émeraude, étroites plages de sable blond, myriades d'oiseaux marins, hameaux de pêcheurs, ici ou là de fantomatiques tours de pierre –, le plus souvent sous une fine pluie persistante. Le brouillard, les forts courants, les imprévisibles sautes de vent, les marées d'amplitude, les écueils dissimulés requièrent tout ton savoir-faire. Quoi qu'on en dise dans les couloirs du château de Beodulf, ces archipels ne recèlent aucun monstre, mais pas davantage de richesses. Les envoyés du roi confèrent avec les chefs de village et tentent de leur extorquer une contribution, sous forme de ballots de harengs séchés qui empuantissent tes cales. Tu demandes aux uns et aux autres ce qu'il y a au-delà du dernier îlot, personne n'en a la moindre idée.

Accoudé au bastingage, tu rêves à voix haute d'y aller. L'un des officiers te rétorque :

« Et pourquoi donc, puisqu'il n'y a rien, rien que l'océan à perte de vue ?

– Comment sais-tu qu'il n'y a rien, tant que personne n'a tenté de s'y rendre ? Notre ignorance n'est pas une limite, mais un défi.

– Tu risquerais ton navire et ta vie, en faisant voile vers le nord et le froid. Les pêcheurs emportés par une tempête dans cette direction et qui ont pu revenir n'ont signalé aucune terre. À quoi bon ? »

Que répondre ? Tu retournes dans ta tête tes arguments et tes doutes, en tous sens, bien après la fin de votre échange. Lorsque tu as pris le risque de venir dans l'Autre Bretagne, tu savais que cette grande île existait, qu'elle abondait en mines et approvisionnait les négociants gaulois. Lorsque à Athènes tu cherchais à connaître l'Asie ou à Naucratis l'Afrique, tu parlais à des hommes qui avaient échangé avec d'autres qui en étaient revenus, ou en tout cas s'en vantaient. Mais au nord des archipels du Septentrion, rien de tel. Alors pourquoi ?

Pendant que les officiers levaient l'impôt, Kaspers, sur ton ordre, confessait les plus vieux des marins de chacun des ports pour savoir s'ils avaient connaissance d'une île située plus loin encore. Cette quête s'est révélée vaine et tous se sont récriés : il n'y a là-bas au-delà de l'horizon rien d'autre que l'infinité de l'océan, qu'ils remplissent à leur fantaisie de créatures menaçantes et de pièges. Tu ne disposes d'aucun élément concret pour fonder ton envie d'aller vers le nord.

Et pourtant, le Massaliote, malgré toute vraisemblance et toute raison, tu éprouves une attirance inexplicable pour ce vide ! Sans l'avouer à quiconque, tu ambitionnes d'être le premier à le parcourir et le décrire. Des richesses dorment peut-être là-bas, ou des royaumes inconnus. Ou seulement la danse heurtée des vagues. Ou des pièges mortels. Ne risques-tu pas la colère des dieux par ton obstination ? Les simples mortels doivent-ils tout connaître et tout parcourir ?

Parmi les savants, les débats font rage pour déterminer si la Terre est plate, comme le suggère le bon sens, ou ronde, comme le soutenait Aristote après Pythagore en remarquant que lors d'une éclipse, l'ombre de la Terre sur la Lune a toujours la forme d'un disque. Cette hypothèse t'a convaincu : en mer, on distingue le sommet de la montagne bien avant la ville à son pied. Or seule une Terre plate peut être infinie. L'infini d'une Terre ronde n'est dû qu'à la finitude des connaissances. En allant vers le nord, peut-être trouveras-tu des arguments décisifs pour trancher cette question.

Pendant ce cabotage, tu fais quand tu peux des relevés au gnomon, et tu remarques l'étonnante longueur du jour. L'astre disparaît paresseusement à l'horizon, le ciel bleu fonce, la lumière s'éteint. Dans cet assombrissement qui tient lieu de nuit, le ciel reste indistinct, imprécis. Machinalement tu recherches comme toujours l'étoile Polaire, mais comment la repérer lorsque les nuages abondent et que l'obscurité fuit ? Bientôt l'aube rosit le ciel, le Soleil revient et remonte. On te confirme qu'à l'inverse au cours de l'hiver les nuits sont interminables, à peine interrompues par trois heures de clarté véritable.

À l'approche du solstice d'été, à Naucratis, dans le delta du Nil, tu as constaté que les jours et les nuits ont des durées assez proches.

Vers le sud, nuitées et journées convergent et s'égalisent. Vers le nord, elles divergent jusqu'à l'absurde, ou plutôt les unes dévorent les autres avant d'être six mois plus tard dévorées par elles. Massalia se situe dans l'entre-deux. Lors de tes études à Athènes, aucune des spéculations sur la forme et les limites de la Terre n'a abordé cette question. Aucun des systèmes de représentation du monde, à ta connaissance, ne permet de l'expliquer. La science a moins d'imagination que la nature.

Deuxième partie

ULTIMA THULÉ

11

Tu as maintenant atteint la quarantaine : plus jeune, tu n'aurais pas eu les moyens d'imposer ton projet ; plus vieux, tu n'aurais pas pu en affronter les risques.

Pendant plus d'un an, tu y réfléchis, tu pèses le pour et le contre. Qu'y a-t-il, au nord de l'Autre Bretagne, au nord des archipels du Septentrion ? L'infini de l'océan, dont nul n'a jamais atteint l'autre rive. Anaximène t'a exposé le paradoxe de Zénon d'Élée, la course d'Achille et de la tortue, et tu en as repéré l'impasse logique. Dans la vraie vie, loin des discours des philosophes, Achille rattrape la tortue, la dépasse, la dépèce et la mange.

Au terme de combien de jours de mer commence cet infini ? Et quelle forme prend-il, une falaise infranchissable, une chute sans fin dans le vide, un pays habité par les morts, une terre parfumée jonchée de pierreries ? Et même s'il n'est fait que d'eau salée, que les vagues y succèdent aux vagues, est-il plus long que la vie d'un navigateur ? Si l'océan ne connaît pas de limites, alors la Terre non plus. Tous les corps célestes que tu aimes contempler ont une taille, des frontières visibles à l'œil nu. Seule la Terre n'en aurait pas ?

Pourquoi grimper les montagnes ? « Parce qu'elles sont là », répondra vingt-trois siècles plus tard un alpiniste originaire de l'Autre Bretagne.

Ce vertige n'intéresse que toi. Il faut l'accompagner de promesses plus concrètes. Tous les négociants savent que les indistinctes terres du Nord regorgent de métaux et de fourrures. On a coutume d'appeler Arctique, du grec *Arktos*, ours, ces étendues désolées situées dans la direction de l'étoile Polaire, dans la constellation de la Petite Ourse. Les richesses de l'Arctique attendent leur découvreur. Habités ou déserts, ces confins s'offrent, innocents, au négoce. Telle est ton ambition. N'as-tu pas suffisamment prouvé tes capacités et fait la fortune de ta famille ?

Un jour d'automne où Critias se montre de bonne humeur, tu lui exposes ton projet : conduire une expédition vers le nord. Ton exposé entre dans les moindres détails, attestant du sérieux de tes réflexions.

Ton frère t'écoute longuement sans t'interrompre. Puis il t'interroge sur le risque de ne pas revenir, dans une forme de sollicitude qui te touche. Tu lui promets la plus extrême prudence, et cette phrase convenue sonne faux. Ta réputation et ton expérience ne suffisent pas à garantir le succès. Et tu reconnais, d'une voix émue, que le risque est réel – celui qu'a pris Euthymènes en longeant les côtes de l'Afrique jusqu'à l'autre embouchure du Nil.

Comme ton frère a pour but d'être élu à l'un des trois postes de consuls de Massalia, tu insistes sur le prestige que ce voyage vous donnera : à toi, pour l'avoir imaginé ; à lui, pour l'avoir soutenu. Critias sourit, qui voit la manœuvre et la flatterie, mais ne peut y résister.

Quant à la question des dépenses, tu la balaies d'une phrase : « À elle seule, la vente de la corne de licorne à ce négociant d'Éphèse a rapporté plus que ce dont j'ai besoin. »

Ne sous-estime pas ta chance, le Massaliote ! Les expéditions polaires coûtent cher, très cher. Elles ne sont pas ouvertes aux aventuriers sans sou ni maille, aux rêveurs sans fortune, aux poètes aux poches vides. Les impécunieux restent à quai, tant pis pour eux.

La première bataille est celle du budget. Tes collègues et successeurs, les membres du club assez fermé des grands explorateurs polaires, ont été financés par des États, des universités, parfois par souscription nationale. D'autres furent envoyés par de grandes compagnies commerciales ou baleinières, voire des journaux à fort tirage. Quelques-uns, comme toi, ont su convaincre leur riche famille. Il fallait être dans une période de prospérité pour que ces donateurs ou investisseurs acceptent de dénouer les cordons de la bourse, et d'y laisser puiser à satiété.

Un surcroît d'audace, voire un grain de folie sont indispensables, tant la dépense est importante, le risque élevé et le bénéfice imprévisible. Le courage, l'expérience, la ténacité, les relations, les compétences ne suffisent pas. Ils viennent seulement étayer une plaidoirie. Car au tout début, il faut convaincre et persuader. Ô Anaximène, la maîtrise de la rhétorique vient avant celle de la navigation. L'une et l'autre te sont indispensables.

Ayant obtenu l'accord de Critias, tu lances les préparatifs.

Pas question d'aller vers l'inconnu avec un seul navire, ce serait une folie, un suicide. Il en faut un second – en langage nautique, une conserve. Cette autre présence sur des mers jamais parcourues, ce double qui la nuit devient fanal allumé pour ne pas se perdre, est une assurance. Fragile, mais la seule possible. En cas de naufrage, de mutinerie, d'incendie, d'attaque par des sauvages, de lui seul pourra venir le secours.

Ainsi Christophe Colomb partit avec la *Pinta*, la *Niña* et la *Santa María* ; Vasco de Gama avec quatre navires ; Magellan avec cinq. Cook franchit le cercle polaire antarctique avec le *Resolution* et l'*Adventure*. Kerguelen fit route avec la *Fortune* et le *Gros Ventre*. La Pérouse disposait de l'*Astrolabe* et de la *Boussole*. Les navires marchands de la Compagnie des Indes occidentales, dans leur grande volte qui de Hollande les emmenait au Cap puis à Java, naviguaient en convoi, comme pendant la Seconde Guerre mondiale les *supply ships* vers la Grande-Bretagne assiégée, ou de nos jours les cargos qui longent la corne de l'Afrique où sévit la piraterie…

Il faut naviguer sur des mers sûres pour naviguer seul.

L'exploration spatiale n'a pas repris cette tradition, exposant les astronautes à une terrifiante solitude, à un quitte ou double permanent dans l'infini désert des étoiles.

Tu choisis avec soin dans la flotte dont Critias dispose deux navires récents, avec un mât de cyprès, un mâtereau oblique sur l'avant, et deux étages de rames. Il te revient de les baptiser. Socrate dans le *Cratyle* explique que le pouvoir de donner des noms n'appartient qu'aux dieux. Ni toi ni moi ne mésestimons cette responsabilité.

Ce pourrait être la *Curieuse*, du nom de la principale qualité qui te pousse à partir. Mais Critias te déconseille un nom trop explicite. Ou la *Licorne*, sans laquelle tu n'aurais sans doute pas pu te lancer dans l'aventure. Mais un scrupule te retient : l'animal mystérieux t'a donné ta chance, il pourrait s'offusquer de devoir aussi te donner son patronage.

Tu as le désir d'aller loin, le Massaliote. Tu veux t'inscrire dans un récit, comme celui de Jason qui alla conquérir la Toison d'or aux extrémités du Pont-Euxin, ou celui d'Ulysse le rusé qui laboura toute la Méditerranée au départ de Troie pour rentrer chez lui. Tu rêves de filer vers ce Nord où s'aventurent les oiseaux migrateurs. Pour ne pas prendre le risque d'irriter ou de froisser Zeus-le-très-susceptible, tu évites l'aigle ou le cygne. Parmi les habitants ailés des calanques qui te sont familiers et te rappellent les jeux de ton enfance, avec une modestie feinte, tu choisis la *Fauvette* pour ton navire et la *Grive* pour l'autre.

À qui confier le commandement de la *Grive* ? Un nom s'impose, Thrasyalcès d'Agathépolis – pour nous Agde –, que tout le monde surnomme le Gueulard : un marin sûr, intelligent, courageux, ayant tout vu et tout fait, y compris au-delà des colonnes d'Hercule. Lorsque tu en parles à Critias, il objecte : « Le Gueulard avec toi ? Pas question. Je ne vais pas risquer mes deux meilleurs capitaines sur la même expédition ! » Jamais auparavant il ne s'est opposé à toi aussi frontalement. Et tu es obligé de reconnaître qu'il a raison. Son objection élégamment enrobée est fondée.

Le Gueulard a une réputation bien établie de tête brûlée, mieux vaut pour tempérer ton enthousiasme un homme expérimenté, loyal, sans imagination. Cyriaque d'Antipolis – pour nous Antibes – fera l'affaire. Il ne connaît pas l'océan, mais s'est remarquablement sorti d'un quasi-naufrage devant Corfou il y a trois ans. Veuf, il a pour seule passion connue la poésie lyrique, et tel un aède peut réciter des centaines de vers.

Depuis la taverne où tu as tes habitudes, tu sélectionnes un par un les autres membres d'équipage, parmi ceux avec qui tu as déjà navigué. Quand tu leur annonces seulement un voyage long et dangereux, tous ceux que tu sollicites acceptent ta proposition avec enthousiasme, et en levant leur chopine à ta santé.

Les portefaix chargent des vivres pour six mois. Ces ballots d'oignons, de fèves, de pois, de salaisons, de farine, ces tonneaux d'anchois et d'huile, ces couffins de fruits secs, ces amphores de vin qui s'entassent dans les cales en quantités inhabituelles te procurent une émotion inédite. Ils murmurent l'extrême de ton ambition. Revenir avant d'avoir tout mangé serait-il un demi-échec ?

À personne tu ne fais part de tes doutes. Dès que vous ne serez plus en vue des côtes, chacun à bord – et toi le premier, le Massaliote, toi bien plus que les autres qui te font tellement confiance – devra lutter contre la tentation de faire demi-tour. À quoi bon, à quoi bon, murmurera la monotonie de la vague et du vent. Et les embruns répondront : ton pays est loin, loin là-bas où poussent le figuier, la vigne, l'olivier, le chêne vert, que viens-tu chercher en ces contrées de froidure et de souffrances ?

Certaines nuits, en méditant sur la folie que tu prépares, les larmes te montent aux yeux et le sommeil te fuit jusqu'à l'aube. Peu importe, tant que nul ne le remarque.

Aux consuls de la ville qui t'accordent l'audience sollicitée pour toi par Critias, tu exposes la genèse de ton projet :

tes navigations vers l'Autre Bretagne, la confiance acquise du roi Beodulf, les échos des archipels du Septentrion, et ton ambition d'aller au-delà. Ils t'écoutent avec attention, car ils partagent ton désir d'élargir les routes commerciales. Moins clairement que toi, ils en distinguent les risques.

Le consul-en-deuxième, qui paraissait somnoler pendant ta démonstration, remarque qu'à sa connaissance nul armateur – pas même Zotos, ton beau-père – n'a investi dans cette aventure. Tu objectes, non sans panache, que tu ne l'as proposé à aucun. Cette petite insolence amuse. Chacun comprend que tu n'as pas souhaité t'exposer à des refus en rafale. Personne n'a misé sur toi, ta liberté est à ce prix.

Alors tu formules ta demande : être autorisé à arborer le drapeau de Massalia à la poupe. Pour l'honneur, et pour la protection qu'il apporte. Les consuls se récrient : le pavillon de la ville n'est frappé qu'aux mâts des navires de guerre ! Tu oses respectueusement les contredire, et rappelles qu'il existe au moins un précédent, pour Euthymènes et son voyage à la découverte de l'autre embouchure du Nil, sur l'océan. Tes ambitions ne sont pas moindres.

La réponse te parvient le surlendemain, et ce privilège t'est accordé. Mais les consuls n'imaginent pas un navire de commerce, rond et pataud, arborer le pavillon. Ils te confient l'un de leurs navires de guerre, mince, efflanqué et rapide et ce sera ta *Fauvette*. Les qualités nautiques de tes deux navires sont complémentaires, le faible tirant d'eau et les capacités d'emport de la *Grive* compensant sa vitesse moindre.

Lors de la pleine lune qui précède le départ, tu organises un sacrifice au temple d'Athéna édifié sur la colline qui domine le port. Cette cérémonie longuette t'ennuie un peu, mais tes marins sont superstitieux, et mieux vaut leur donner des raisons de croire au succès de l'aventure. Quelque puissants que soient les dieux qui protègent Massalia, auront-ils encore du pouvoir sur les mers lointaines que tu vas explorer ?

12

Pendant que tu diriges les ultimes préparatifs du navire, les sept conseils que ton père t'avait donnés quinze ans plus tôt, avant ton premier voyage vers l'Autre Bretagne, te reviennent en mémoire.

1) Navigue avec des hommes libres. Les esclaves ne donnent jamais le meilleur d'eux-mêmes. Ramer pour un Massaliote ou ramer pour un Phénicien, quelle différence pour eux ? Certains ne tiennent même plus à la vie. Seul un homme libre trouvera le moment venu, au plus profond de lui, l'énergie de faire ce que tu exigeras et qu'il croyait impossible.

2) Ne te mêle pas des affaires des matelots. Tant qu'il n'y a pas mort d'homme, laisse le maître d'équipage s'en occuper, ou pour les cas les plus graves, le second. Tu n'as rien à gagner à descendre dans l'entrepont, tu y compromettrais ta dignité et ton autorité. Reste à distance, au risque de passer pour hautain.

Si tu veux vraiment connaître l'ambiance parmi l'équipage, écoute-les chanter le soir. Tu y apprendras tout ce que tu as besoin de savoir sur leur état d'esprit.

3) Choisis ton second avec un soin tout particulier. Il n'est ni ton ami ni ton frère, mais le seul à bord avec qui tu devras tout partager. Il te remplacera si tu tombes malade, défendra tes décisions, te représentera à terre ou à bord. Il te fera des propositions et te conseillera. Tu es le chef. Mais le chef ne sait pas tout. Et combien grande est sa solitude…

4) Hormis ton second, l'équipage n'a pas à connaître le détail de tes projets. Tout ce que tu révéleras par inadvertance à un matelot sera aussitôt connu de tous. Mieux vaut être mystérieux que transparent. Ferme ta bouche plus solidement encore que ton cœur.

Même ton second doit ignorer tes peurs, tes hésitations et tes doutes. Surtout tes doutes.

5) N'invite ni n'accepte jamais personne dans ta couchette.

6) Ne néglige pas le cuisinier, l'un des hommes les plus importants à bord. Les repas sont les seuls moments de récréation dans la dure journée du matelot. Dans la qualité de ce qui remplit son écuelle, il voit le respect que tu lui portes. Il s'en souviendra.

7) Observe le Soleil et les nuages, la Lune et les étoiles. Observe les oiseaux, et les côtes tant qu'elles se laissent voir. Écoute ton navire, écoute tes hommes qui ont remis leur vie entre tes mains. Observe le vent, ses changements, ses caprices, et le brouillard, d'où il vient, comment il se forme.

Quand viendra le moment critique, observe la mer : d'elle seule viendra la réponse.

13

Par le travers des Baléares, la *Fauvette* et la *Grive* affrontent une tempête aussi violente qu'inattendue, comme un ultime coup de patte de l'hiver. Les deux navires se perdent de vue sous les grains, mais Cyriaque d'Antipolis exécute fidèlement les consignes que tu lui as données pour pareille situation, et lorsque l'aube point vous vous retrouvez.

Deux jours plus tard, vous franchissez les colonnes d'Hercule. En retrouvant les horizons infinis, tes narines frémissent et ton cœur impatient se serre.

Autour de vous, impalpable, évidemment silencieux, flotte un atout dont tu n'as pas conscience, mais qui pourtant conditionne le succès de ton projet : la paix.

Du temps de ton grand-père, une vaste bataille navale s'est déroulée à l'est de la Corse, opposant Carthage à une coalition de cités grecques emmenées par Massalia. Carthage vaincue a dû consentir à la liberté de navigation vers la Méditerranée orientale, vers l'océan et même vers les ports d'Afrique. Elle ne prétend plus soumettre toute mer à ses lois, ses taxes ou ses caprices. Même si parfois aux escales de violentes bagarres éclatent entre matelots, le commerce a pu se développer sans qu'il soit besoin d'entretenir une flotte et des soldats. Que d'économies !

Tu n'y réfléchis pas vraiment, car ni toi ni même ton père n'avez connu autre chose que la paix installée. Aucune menace ne viendra des comptoirs carthaginois implantés en Corse, en Sicile, aux Baléares, ou le long des deux côtes de l'Ibérie. Heureux homme ! Les guerres n'évoquent pour toi que des récits lointains ou des souvenirs de l'*Iliade*.

Pour qu'une expédition s'élance vers les pôles, il faut qu'Arès le furieux, dieu de la guerre et des larmes, somnole longuement ou consente à détourner les yeux.

Qu'un conflit survienne, et tous les projets sont aussitôt abandonnés, comme autant de loisirs futiles. Dès l'annonce du premier conflit mondial, Rallier du Baty interrompt son expédition à Kerguelen et Jean-Baptiste Charcot met de côté ses projets en Antarctique. Shackleton ne continue que sur ordre express de Winston Churchill, premier lord de l'Amirauté. De même, en 1941, Paul-Émile Victor met ses compétences acquises au Groenland au service de l'US Air Force.

Seule la paix permet à de jeunes gens audacieux de consacrer autant d'efforts et de prendre autant de risques à la découverte de ces immensités inhospitalières – comme si le silence des lieux réclamait celui des armes. En terres polaires, l'entraide entre les nations va de soi, et les rares conflits – bataille de Narvik en 1940, guerre des Malouines en 1982 – semblent des aberrations. Avec sa brillante stupidité, Voltaire déjà soulignait que la France ne se battrait pas pour les « quelques arpents de neige » du Canada.

Lorsqu'en 1802 l'Anglais Flinders et le Français Baudin se rencontrent par hasard au sud de l'Australie, dont l'un comme l'autre accomplissait la circumnavigation, mais dans des sens opposés, les deux explorateurs échangent cordialement, malgré l'hostilité durable entre leurs deux pays.

À la fin du XIXe siècle, le Spitzberg intéresse plusieurs nations, pour ses ressources en charbon, et comme point d'appui pour la pêche. Le traité de Paris de 1920 reconnaît la souveraineté de la Norvège, mais autorise tous les signataires à s'y installer à leur guise.

Ce principe est repris et amplifié en 1959 dans le traité de Washington sur l'Antarctique. Les revendications de souveraineté faites par sept États ne sont pas abandonnées, mais mises de côté pour laisser la place aux initiatives civiles de tous. La présence de forces militaires y est proscrite. Même aux heures les plus tendues de la guerre froide, cette vocation du continent blanc, décrété terre de paix et de science, n'a jamais été remise en cause.

Navigue vers le nord en homme de paix, le Massaliote, pendant qu'Arès le furieux regarde ailleurs. À l'hostilité des éléments, tu n'auras pas à ajouter celle des hommes.

Seuls Cyriaque d'Antipolis et vos seconds sont dans la confidence. Depuis la pointe nord de l'Ibérie, vous faites route au nord-ouest, passant très au large de l'île Verte. Au solstice d'été, les deux navires voguent sur un océan étonnamment calme.

Les jours qui s'étaient allongés déraisonnablement semblent ne plus vouloir connaître de fin. Le Soleil qui descend sur l'horizon se pare de couleurs orangées veinulées de traits rouges. Au nord, aucune terre, aucun nuage, aucune perturbation ne vient masquer son parcours. Et tu vois avec stupeur l'astre passer quelques instants sous la ligne d'horizon, comme pour y reprendre des forces, et peu à peu à nouveau s'élever dans le ciel pour une journée qui commence. Les ténèbres ont été vaincues. La nuit n'est plus qu'un long crépuscule débouchant sur une aube précoce, elle est remplacée par quelques heures de doute où la lumière affaiblie ne suscite plus d'ombres.

Plus au nord encore, se peut-il que la défaite de la nuit soit totale, que la clarté ne connaisse aucun repos ? Existe-t-il des journées qu'aucune nuit n'a enfantées ?

Il n'est pas indispensable d'aller vérifier par toi-même. En connaissant la hauteur du Soleil au zénith le jour du solstice aussi bien à Naucratis qu'à Massalia, tu pourras calculer avec exactitude le point au-delà duquel le crépuscule se fond dans l'aube.

Cette seule observation astronomique justifie ton voyage à tes yeux, mais elle ne remplira pas les caisses. Il est temps de reprendre la route et de te consacrer au négoce.

Lorsque tu parviens à ta pluvieuse destination, on t'apprend que le roi Beodulf, la reine et leurs trois fils ont été assassinés pendant l'hiver. Un de ses neveux, un enfançon de neuf ans, est désormais assis sur le trône, et le ministre exerce la réalité du pouvoir.

Avec Beodulf, tu as perdu non un ami, mais un atout.

Lors de votre dernier entretien, l'été précédent, tu lui avais fait part de ton projet d'exploration. Il avait d'abord ri, croyant à une vantardise de fin de banquet, puis avait tenté de t'en dissuader. Voyant la fermeté de ta résolution, il avait ajouté d'un air rêveur : « Pourquoi m'offusquerais-je d'ailleurs, si tu t'emploies à agrandir mon royaume… » Était-ce une revendication territoriale ? Tu n'avais pas répondu.

L'attitude de tes interlocuteurs est devenue méfiante, presque hostile. Kaspers te confirme les rumeurs qui circulent dans la bourgade comme au château : les Massaliotes ne sont plus les bienvenus. Et si tu ne commandais pas deux navires, dont un de guerre arborant le pavillon officiel de ta ville, peut-être aurais-tu été plus rudement reçu.

Point n'est besoin de parler leur langue pour constater que tous regardent désormais Kaspers avec le visible mépris que l'on réserve aux traîtres. Même si aucune consigne ne t'est donnée, tu choisis de limiter les descentes à terre de tes marins pour éviter toute provocation.

Le blé et le vin ne trouvent pas preneurs aux prix habituels, il faut comme à ton premier voyage marchander et marchander encore. Et on ne te propose à l'achat que le tiers de l'étain sur lequel tu comptais pour rentabiliser le voyage et alourdir ton navire. Les termes de l'échange se dérobent sans cesse et les jours passent. Au quinzième jour, tu fais porter au ministre le cadeau que tu destinais à Beodulf, une peau de zèbre. Pareil présent devrait… mais non, le paquet t'est rapporté le soir même, avec une insultante absence d'explication. Et le lendemain la négociation semble avoir reculé, il faut tout reprendre depuis le début.

Lorsqu'au bout de cinq longues semaines le ministre finit par accepter du bout des lèvres des prix tout juste corrects, tu comprends surtout qu'il veut que tu partes et sois découragé de revenir. Ce temps perdu est ta stérile punition, l'été commence à s'enfuir. Et lorsque le solde t'est versé en monnaies gauloises, tu comprends que tes concurrents ont commandité les assassinats et repris la main sur ce négoce.

Un officier prend la peine de te confier – sur ordre, évidemment – que les mines produisent de moins en moins, et que l'an prochain… Il y a bien, à ce qu'il paraît, trois petits royaumes situés au nord-est de l'Autre Bretagne qui extraient un peu de métal, mais tu devines que les Gaulois ont pris leurs précautions pour ceux-là aussi.

La route directe de l'étain que tu as ouverte est en train de se refermer. Ton audace a d'abord pris de court tes concurrents, puis tes relations avec Beodulf t'ont protégé. Les Gaulois ont ensuite repris l'initiative, fomenté le coup d'État tout en évitant une confrontation directe avec les tiens, et t'ont évincé. Tu n'as rien vu venir, et ta défaite est complète. Tu es assez lucide pour le constater, assez beau joueur pour admirer la manœuvre, et assez philosophe pour l'accepter sans gémir.

L'été s'achève. Tu n'as qu'une hâte : repartir, bien plus tard dans la saison que ce que tu avais escompté. Dès la fin des opérations commerciales, et dans le plus grand secret, cap au nord ! Les îles des archipels du Septentrion défilent à tribord, elles te serviront d'amers pour retrouver ta route au retour. Après un dernier plein d'eau douce, au-delà du dernier îlot, tu essaies de maintenir une route nord-ouest, malgré des vents d'ouest dominants. L'allure est inconfortable, et la houle marquée, qu'importe. Ton projet s'accomplit. Tu progresses avec obstination vers l'inconnu.

14

Au quatrième matin, la couleur de l'océan change et devient d'un gris ardoise sans reflet. Les vagues se sont aplaties, laissant apparaître une longue houle de faible amplitude arrivant de l'ouest. Le vent a diminué mais reste constant et suffisant pour la voilure. L'air s'est fait plus froid et plus sec. Chacun à bord éprouve la sensation d'avoir franchi une porte.

Soudain le matelot de veille pousse un cri et tend le bras vers l'avant, où une colonne d'eau s'élève et retombe. Puis une autre. Des masses sombres presque entièrement immergées se distinguent malaisément dans une lumière blanche et sans contours.

La *Fauvette* et la *Grive* avancent parmi un troupeau de baleines dont les dos arrondis s'étendent à perte de vue, parfois ponctuées d'un évent ou d'une queue qui monte à la verticale et redescend avec autant de grâce que de force. Le plus petit de ces animaux est bien plus gros que tes navires. Leur densité est telle que la collision paraît inévitable – avec quelles avaries, et quelle réaction de la bête percutée ? Tu t'apprêtes à mettre en panne, mais ce ne sera pas nécessaire : anticipant ta route, les baleines se déplacent d'un rien, juste ce qu'il faut pour te laisser passer. Elles ne paniquent pas, ne s'enfuient pas, ne tentent aucune approche menaçante : avec un mouvement d'une élégante immobilité, elles esquivent. Tous les marins, stupéfaits, regardent en silence la mer s'ouvrir, comme la terre sous le soc d'une charrue, et un chenal se libérer. Votre sillage n'est pas fait d'écume, mais de baleines qui s'écartent.

Kaspers, à l'avant du bateau, se met à chanter dans sa langue. Sa voix forte et bien timbrée de baryton fait alterner couplets et refrain. Les couplets, en mode dorien, enlevés et joyeux, donnent de l'allant et le goût du travail accompli en commun. Le refrain, en mode lydien, lent et triste, instille une profonde nostalgie. Alors que personne ne comprend les paroles, cette alternance entre une attaque allègre et une déploration désolée est d'une saisissante beauté.

Lorsque enfin les navires sont sortis du troupeau, il s'arrête à la fin du refrain, laissant au cœur des marins l'or bruni de la mélancolie. Tu viens lui demander ce que raconte cette mélopée, il te répond, l'air buté, sans te regarder : « C'est un chant pour les baleines. » Tu n'insistes pas.

Le cinquième jour est marqué par la brume. Étonnamment, la petite brise ne cesse pas. Dans cette atmosphère cotonneuse, tu fais tendre un filin entre les deux navires pour éviter qu'ils se perdent de vue. Vers l'heure de midi, la brume devient un épais brouillard. Les sons semblent amortis autant que la lumière, et les vagues s'éteignent. Plus un souffle d'air, il faut sortir les rames. Et pendant des heures sur une mer plate, rien ne donne la sensation du mouvement, seul le rythme des pelles frappant l'eau atteste de l'erre des navires. Ou peut-être la *Fauvette* et la *Grive* font-elles malgré tout du surplace, immobilisées pour l'éternité, punies d'avoir approché des secrets que les humains ne doivent pas voir.

Tu entends les matelots, inquiets, récriminer à voix basse. De quelles menaces ces sortilèges sont-ils annonciateurs ? Avec son fort accent, Kaspers éclate de rire : « Quels poltrons vous faites ! Dans mon pays, on peut avoir un temps comme ça pendant vingt jours, et on ne s'en plaint pas… » Au soir, le brouillard disparaît, et s'étend la rassurante obscurité des nuits. Le vent revient, changeant, brutal, imprévisible, il amène des ondées, et une nette sensation de froid.

Au petit matin, la boucaille, par moments mêlée de grains de neige, s'installe pour quelques heures. Des vagues se sont formées en tous sens et fatiguent les navires et les hommes. Rien de ce que tu as vu, même dans les archipels du Septentrion, ne ressemble à ces conditions de mer.

Le second te rend compte loyalement des doutes de l'équipage et des siens propres – ignorant ceux qui te taraudent. Jamais personne, pas même Euthymènes, n'a navigué aussi longtemps hors de vue de terre. D'une voix forte, afin que ta réponse soit entendue par d'autres et répétée, tu lui objectes que vous n'avez pas encore fait la moitié de la distance entre Massalia et Le Pirée, une durée de voyage bien ordinaire. Et tu comprends, en t'entendant feindre la bonhomie, qu'au douzième jour sans résultats, ce rapprochement se retournera contre toi et te sera opposable.

Au prétexte de lutter contre l'humidité qui s'insinue partout, tu fais servir une deuxième ration de vin aux hommes. Et toi, quel breuvage te permettra de ne plus avoir la bouche sèche ?

Les visages de ton épouse et de tes deux filles s'invitent alors à toute force dans tes pensées – comme si tu devais ne plus jamais les revoir. Tu sors sur le pont pour t'exposer aux embruns et dissimuler tes larmes. Tu n'as de compte à rendre à personne. Tu es seul responsable des choix que tu vas faire et dont dépend la vie de tous tes marins.

Dans l'après-midi du sixième jour, une nuée d'oiseaux au vol erratique surgit d'un coup. À tour de rôle, ils replient leurs ailes, se laissent tomber comme des pierres dans les flots, disparaissent un instant avant de ressortir, un poisson argenté dans le bec, et de courir sur l'écume pour redécoller. Leurs attaques provoquent un frétillement de panique dans l'eau, puis un instant plus tard tout est à nouveau désert. Comme tout le monde à bord, tu te demandes d'où ils sont venus. Font-ils partie de ceux qu'évoquent des légendes de l'Autre Bretagne racontées par Kaspers, et qui font leurs nids parmi les vagues ? Ou sinon, sur quelles collines ou quels arbres lointains nichent-ils ?

Le soir, la vigie signale quelque chose sur l'avant… une forme au milieu des nuages… une montagne ?

Une terre est là, devant toi. Tu es bouleversé, saisi d'émotions multiples. Tu penses à ton père à qui tu ne pourras pas raconter ce moment, à ton frère qui t'a fait confiance. Tu exultes, tu pleures de joie.

À tes côtés, regardant aussi intensément que toi, Kaspers murmure à plusieurs reprises un mot indistinct. Et quand tu lui demandes de parler plus fort, et de traduire, il se borne à répéter : « Thulé ! »

15

Permets-moi de reprendre directement la parole, le Massaliote. Je ne t'interromprai pas longtemps. Et pour être bien compris, j'emploierai les noms et les cartes de mon temps.

Quelle est donc cette île de Thulé ?

Pour certains, elle n'existe pas. Ce serait un mirage, une illusion, voire un mensonge, une escroquerie. Les géographes grecs rapportaient des informations de seconde ou troisième main, ils mentionnaient des cyclopes, des hommes avec un œil au milieu de la poitrine ou vivant la tête en bas, dans l'ombre de leurs pieds. Thulé pourrait être l'une de ces affabulations, un de ces récits peut-être sincères au départ, mais qui à force de transmissions et de déformations sont devenus légendes.

Une autre énigme grecque fait de l'ombre à Thulé : l'Atlantide. Son existence a été rapportée par Platon, qui ne passe pas pour un plaisantin. Et depuis vingt-cinq siècles, on espère retrouver le continent englouti aux Canaries, aux îles du Cap-Vert, en mer du Nord, au Sahara, à Santorin, que sais-je encore… Sans succès à ce jour.

Thulé serait aussi à rechercher du côté du mythe… Mais la mer gelée, l'autre découverte majeure de ton voyage, existe bel et bien. Elle suffit à lui donner un entier crédit. Cette réalité est plus forte que l'imagination de tes contemporains.

Et puis ce nom étrange, sonore et qui n'a rien de grec, ces syllabes qui ne ressemblent à aucune autre…

Je reprends à mon tour les éléments que tu nous laisses – ou plutôt, faute de mieux, les fragments parvenus jusqu'à nous.

Six jours de mer depuis la Grande-Bretagne. Quel était ton point de départ ? Impossible à savoir, mais certainement situé en Écosse. Décompter le temps de trajet depuis le sud de l'Angleterre n'aurait eu, pour un marin parlant à des géographes, aucun sens. Cette donnée permet d'écarter les archipels des Orcades, des Shetlands, des Scilly et des Hébrides, tous bien trop proches.

Compte tenu des techniques de construction navale de ton temps, la vitesse des navires n'atteignait pas cinq nœuds : tu n'as donc pas pu parcourir pendant ces six jours plus de six cents milles.

Tu évoques une île, non un archipel. Dans le récit que tu en as fait, tu n'as pas choisi tes mots au hasard. Toi qui connais les Baléares et les Cyclades, tu ne pouvais te tromper devant ta découverte ni la qualifier de manière erronée. Cette précision exclut les Féroé, ainsi qu'à nouveau les archipels écossais.

Le Groenland, souvent identifié à Thulé, est trop loin, à mille milles de l'Écosse. En outre, la côte est du Groenland, encombrée de glaces pratiquement toute l'année, n'est accessible à la navigation en se faufilant au travers de la banquise disloquée que deux mois par an, au mieux. T'aventurer dans un tel piège eut été un suicide. Le cap Farewell, à l'extrémité sud, qui lui reste libre de glaces en été, est encore plus loin.

Je ne peux croire que tu aies parcouru mille deux cents milles en six jours, soit à une vitesse moyenne de plus de huit nœuds. Pareille célérité est inconcevable.

La Norvège est à la bonne distance, et les vents dominants y conduisent aisément. Mais tu ne l'aurais pas qualifiée d'île, tant que tu ne l'aurais pas reconnue comme telle. Laisse à Kerguelen cette erreur, lui qui à son premier voyage a cru découvrir le continent antarctique, avant de constater au second qu'il pouvait en faire le tour. Et surtout, pour rencontrer effectivement la mer gelée, il t'aurait fallu remonter ensuite tout le long des côtes norvégiennes, jusque bien au-delà du cap Nord, jusqu'au point où les dernières forces du Gulf Stream ne parviennent plus à réchauffer l'océan. Cette très longue navigation, qui au passage t'aurait convaincu que cette terre n'était pas une île, mais une sorte de prolongement lointain des Gaules, aurait duré des semaines. Rien dans ce que tu nous as laissé ne permet de retenir cette hypothèse.

Reste une seule solution, l'Islande, qui ne sera peuplée de marins venus de Scandinavie que onze siècles après ton époque. La distance correspond. Sa taille se situe entre celle de la Sicile et celle de la Grande-Bretagne, les deux plus grandes îles dont tu aies connaissance. La mer gelée n'est plus très loin, à quelques jours de mer.

Nous sommes nostalgiques et orphelins de ton histoire, le Massaliote, et n'aurons jamais de certitudes. Fais-moi confiance, accepte que je remplisse les blancs de ton récit tel qu'il nous est parvenu.

Ta gloire naît en cet instant, lorsqu'une terre apparaît à l'horizon, et que ce nom mystérieux lui est donné : Thulé.

16

La *Fauvette* et la *Grive* s'approchent prudemment. Un chaos de montagnes et de glaciers se révèle peu à peu, austère et grandiose, avec de larges vallées qui s'enfoncent à perte de vue. La végétation est rase, pauvre, dispersée, éteinte, sans arbres. Sur les plages de sable noir déferlent des rouleaux. Aucune baie, aucun port naturel ne s'esquisse. De nuées d'oiseaux volettent en tous sens. Tu ne décèles aucune trace de présence humaine.

À voix basse, les matelots effrayés cherchent des points de comparaison, des éléments de paysages connus à quoi se raccrocher, mais en vain. Aucune navigation en Méditerranée, dans le Pont-Euxin ou sur l'océan, n'a pu les préparer à découvrir pareil spectacle. Aucune bise d'hiver n'a jamais frappé aussi durement leur visage. Aucun silence ne ressemble à ce qu'ils entendent.

Cette nouveauté que tu recherches, le Massaliote, ils la redoutent spontanément, et la conjurent en croisant les doigts et en crachant par-dessus bord. Les plus superstitieux marmonnent des formules pour conjurer le mauvais sort. Ces gestes de protection seront-ils efficaces, si loin des temples de leur ville ?

À la recherche d'un point de débarquement, tu mets cap à l'est. Si cette terre est une île, tu veux la contourner à l'abri des vents dominants. Et si d'une manière ou d'une autre elle est rattachée à l'Europe, tu dois découvrir cette jonction.

Pendant deux jours encore, ces terres désolées défilent à bâbord. Elles ne semblent receler aucun danger, aucune menace, juste une absolue stérilité. Parmi l'équipage, à l'excitation et aux craintes de la découverte succède une certaine désillusion : à quoi servent tous ces efforts s'il est impossible de mettre pied à terre, si Thulé n'offre aucune prise et donc aucune richesse ? Thulé : le mot que Kaspers a murmuré à plusieurs reprises et obstinément refusé de traduire est devenu pour tous désormais le nom de votre découverte.

Enfin, tu dépasses un cap, la côte s'infléchit, devient à peu près orientée plein nord. Les montagnes s'abaissent et font place à de hautes collines vertes, parsemées de roches noires. Une calanque étroite et profonde apparaît, puis une deuxième, et une troisième à l'embouchure plus large. Non sans hésitation, tu choisis de t'engager sur cette eau obscure et lisse, en laissant la *Grive* à l'extérieur. Dans ce défilé, le vent est tombé, il faut sortir les rames et pendant deux heures progresser vers le fond. Une large vallée en pente douce, descendant d'un amphithéâtre rocheux, ferme l'arrondi d'un port naturel. Le mouillage semble excellent, et tu fais jeter l'ancre. Çà et là, des fumées isolées, sans ordre ni plan. Aucun château, aucun temple. Pas de troupeaux. Pas âme qui vive.

Avec Kaspers et quelques solides matelots, tous armés, tu débarques de la chaloupe et remontes le long de la petite rivière. Un marin goûte l'eau et la trouve agréable. Vous vous approchez de l'une des fumées, vers laquelle aucun sentier n'est tracé dans la mousse, et vous constatez qu'il s'agit non d'une hutte de tourbe avec sa cheminée, mais de fumerolles jaillissant du sol. Le ruisseau qui en sort est brûlant. La brise rabat une odeur de soufre. Avant qu'un superstitieux ne commence à évoquer les bouches des Enfers, tu annonces paisiblement que cette terre est volcanique, tout comme les îles Éoliennes. Tu ne précises pas que pareille origine exclut toute richesse en métal. Votre marche vous conduit au pied des falaises de basalte, tout en haut du vallon, et vous ne distinguez aucune trace de présence humaine. Ni animale.

Tu envoies la chaloupe vers la *Grive* pour lui dire de vous rejoindre. Avec Cyriaque d'Antipolis, vous conférez longuement en déambulant sur la plage de sable gris. Les lieux sont paisibles, bien protégés du vent, le soleil fait des apparitions et laisse tomber sur la lande une lumière d'une douceur trompeuse. Après tant de jours de mer depuis Massalia et cette longue attente irritante au pays de l'étain, les hommes ont bien mérité un peu de repos et de détente. Vous programmez des expéditions de découverte, autant pour qu'ils se dégourdissent les jambes que pour votre sécurité. Pendant une semaine, ils se déploient à tour de rôle dans toutes les directions, gravissent des cols, arpentent des plateaux, descendent des éboulis, franchissent des gués, se trempent dans des baignoires naturelles d'eau chaude qui les délassent, et reviennent le soir en chantant, recrus de fatigue et surpris par l'alternance de beau temps et d'averses. Leurs comptes rendus se ressemblent : pas de villages, pas de sentiers, pas d'animaux, pas de monstres terrifiants ou de créatures diaboliques, rien à signaler, rien de rien, sauf une fois un renard entr'aperçu, de la taille d'un chat.

Les bords des falaises sont occupés par des colonies de petits oiseaux dodus, ailes et tête noires, jabot et joues blancs, pattes et bec jaune orangé. Désœuvrés, les mousses font des razzias dans leurs nids et rapportent des œufs dont vous vous régalez. L'un d'eux brandit comme un trophée une pierre brillante, reflétant la lumière, où il veut voir un trésor. Dans le calme de ta cabine, tu l'examines avec soin, et constates que ce n'est qu'un caillou anthracite aux angles aigus, avec quelques impuretés blanchâtres qui ne sont pas des diamants.

L'alerte est donnée lorsque la vigie en tête de mât repère, près de rochers ronds au milieu de la baie, plusieurs têtes au ras de l'eau – des hommes en train de nager, se dissimulant à la vue et avec quelles intentions ? Le canot que tu envoies à leur rencontre revient aussitôt, et Kaspers, rigolard, t'informe qu'il a salué de ta part un petit groupe de phoques gris.

Tu t'aventures à ton tour dans ces patrouilles de reconnaissance, l'œil aux aguets, tentant sans trop y croire de repérer des traces de charbon, de fer ou d'étain, mais cette terre de lave et de sable vomis par les volcans semble issue d'un rêve d'Héphaïstos, dieu de la forge et du feu. Elle ne saurait connaître aucune mine, aucun filon. Tu ne vois pas davantage de sentiers ou de pierres tournées, mises en cercles ou en cairns. Et cette acropole défendue par des remparts et des tours crénelées, que tu as découverte sur une arête surplombante, se révèle lorsque tu l'atteins, essoufflé, un agrégat noirci de rocs aux formes tourmentées. Un leurre. Une désillusion.

Le vent de galerne, qui parfois faiblit mais jamais ne cesse, ne porte qu'une légère senteur de tourbe et de sel, jamais aucune odeur d'habitation, de cuisine, d'homme ou de troupeau.

Tu n'as vu qu'une vallée, mais s'il y a des bergers à Thulé, ils ne peuvent pas ne pas vouloir pâturer ces espaces abrités où l'herbe et l'eau abondent. Leur absence n'est pas un effet du hasard. Elle porte témoignage d'une réalité que tu retrouveras à chaque exploration.

Descendant du haut des collines, un vol de lourds oiseaux noirs au long cou tendu vous dépasse, revient, repart. Un de tes hommes, bon archer, leur décoche quelques flèches, en vain. Tu ne pourras pas les examiner de près. Leur étrangeté, leur silence, leur couleur de jais ont la même substance que cette lande et cette baie.

À la fin de ta journée d'exploration, tu redescends vers la plage par un vallon raide et étroit. Un passage se devine parmi les blocs, en un saute-ruisseau plutôt amusant. Et puis, presque arrivé en bas, ta botte glisse sur une pierre humide, tu tombes lourdement, ta tête va donner contre un rocher. Tu en as le souffle coupé pour un moment, et ta main droite, contusionnée, saigne un peu. Tu te relèves et vas t'asseoir sur une étroite banquette de pelouse. Une forme de fatigue te saisit, et tu sens monter une envie irrépressible de dormir, à laquelle tu t'abandonnes en fermant les yeux.

Quels sortilèges secrètent donc ces sols tourbeux ? Ce sommeil dans lequel tu glisses t'en ouvrira-t-il les portes ?

Une gifle te réveille. Tu as brièvement perdu connaissance et les trois matelots qui t'accompagnent, inquiets, t'entourent et te pressent de questions. Tu les rassures, ils te remettent debout et te ramènent à la barque tirée sur le sable. Ce bref évanouissement porte un message des dieux, que tu ne sais pas déchiffrer. Outre une belle bosse à l'arrière de ton crâne pendant quelques jours, tu garderas pour le reste de tes jours une raideur au petit doigt et à l'annulaire de ta main droite. Thulé a marqué son empreinte dans ta chair.

La *Fauvette* et la *Grive* ressortent de cette calanque après avoir fait le plein d'eau et explorent méthodiquement celles situées au sud puis au nord, pour y trouver les mêmes paysages déserts. Tu décides de poursuivre ta route vers le nord. Les collines vertes et grises s'abaissent peu à peu, et s'achèvent en un long plateau érodé, ponctué d'innombrables mares et lacs, à peu près dépourvu de végétation. De petites baies permettent de se rendre à terre, sans rien y remarquer qui vaille la peine. Tu consignes tout ce que tu découvres, et dès que le soleil le permet, tu fais des relevés au gnomon. Le vent d'ouest se maintient et la navigation se fait à bonne allure, à l'abri de la houle du large.

As-tu oublié les leçons d'Anaximène ? La raison doit présider à toutes choses en ce monde. Le vertige qui t'a mis en mouvement vers le nord n'est pourtant étayé ni par la raison ni par le calcul – cette raison appliquée aux chiffres. Tu t'abandonnes à une ivresse. Pas celle, trop visible, d'un Kaspers qui de taverne en taverne se noie dans le vin et naufrage sa dignité. La tienne, plus durable et plus forte, brouille subtilement ton entendement. Jamais satisfaite, elle te pousse toujours en avant, et chaque vague la renouvelle au lieu de l'assouvir. Thulé l'a renforcée. Tu ne penses pas aux comptes et aux pièces d'or : tu veux seulement aller encore plus loin.

Tu regardes ces petites falaises noires, ces plages, ces cascades, ces plateaux, ces landes. Tes marins ne voient dans leur succession qu'une monotonie lassante. Tu y lis une promesse, constamment renouvelée, et qui, même si elle te laisse les mains vides, jamais ne te déçoit. Thulé est le nom de cet infini qui se déploie à chaque instant.

Tu ne peux pas le savoir, mais l'exploration polaire ne sera jamais une affaire rentable. Les distances et les difficultés sont telles que même de puissants royaumes s'y sont épuisés. Il faudra plus de deux siècles aux Cosaques pour conquérir toute la Sibérie et n'en rapporter que des peaux de zibeline. Si Kerguelen à son premier voyage a voulu contre l'évidence voir des diamants et des forêts, son second voyage l'a ramené au réel. Tous ceux qui ont dit la vérité ont décrit des paysages sans espoir et sans richesses.

Pour les financiers, les mondes polaires sont sans intérêt. Pour les prudents, ils sont trop dangereux.

Ceux qui, comme toi, aiment les voyages sans autre récompense que d'admirer des paysages sans cesse renouvelés n'en seront jamais rassasiés.

17

J'ose t'interrompre une nouvelle fois, le Massaliote, mais tu me pardonneras plus facilement, car je t'interromps pour le plaisir d'une mélodie. La musique a toujours fait partie de ta vie et de tes goûts – encore un point commun entre nous, mon très lointain aîné –, alors tends l'oreille, et écoute…

Il était un roi de Thulé…

Je ne sais d'où vient l'inspiration du poème publié en 1774 par Johann Wolfgang von Goethe, qui l'a ensuite intégré à son drame de *Faust*. Un demi-siècle plus tard, Gérard de Nerval s'en inspire pour donner une version en français. Au troisième acte du *Faust* de Gounod, créé en 1859, Marguerite chante cette ballade, sur un livret de Barbier et Carré qui reprend d'assez près le texte de Nerval.

Pour t'honorer, je choisis l'interprétation d'une Grecque, Maria Callas, il y a plus de soixante ans – oui, de nos jours, on sait congeler pour l'éternité le chant et l'orchestre… – et je me laisse prendre à cette diction parfaite et à la beauté de sa voix. Les paroles en cet instant importent peu, une forme de douce ivresse surgit, le charme opère et je vois une jeune fille à son rouet qui se berce d'une chanson faussement simple et faussement naïve.

Il était un roi de Thulé
Qui, jusqu'à la tombe fidèle,
Eut, en souvenir de sa belle,
Une coupe en or ciselé !...

Pour Goethe et ses épigones, cette île introuvable et ce Moyen Âge romantique permettaient de dérouler leur fantaisie sans trop se soucier de vraisemblance : la poésie n'est pas tenue de rendre des comptes et prend son bien où elle veut. Elle peut inventer une population et une culture là où tu n'as rien vu de tel. Qui s'en soucie ? Ne vaut-il pas mieux une Thulé peuplée par ces chevaliers de légende, cette cour et son maître nostalgique, plutôt que ces étendues désertes que tu as découvertes ?

Depuis 1774, l'ombre de Méphisto flotte ainsi au-dessus de Thulé. Ton panthéon était plus complexe mais moins angoissant, le Massaliote ! Et que d'ambiguïtés dans cette ballade d'une pucelle... Avant que le Malin la séduise et l'offre au docteur Faust, elle se complaît à dépeindre non un galant à venir, mais un homme déjà âgé sans doute, veuf ou abandonné, tout entier dolent dans le souvenir de l'être aimé. La souffrance de ce roi semble sans bornes, et la mort une délivrance. Voilà toute la sagesse de Thulé ?

Nul trésor n'avait tant de charmes !
Dans les grands jours il s'en servait,
Et chaque fois qu'il y buvait,
Ses yeux se remplissaient de larmes !...

L'histoire de Thulé au XXe siècle fut plus belliqueuse.

Au lendemain de la Première Guerre mondiale est fondée à Munich la Thule-Gesellschaft – Société de Thulé. Ce mouvement où se mêlaient politique, occultisme et racisme exaltait les Thuléens, mythiques habitants de mythiques terres nordiques, comme le plus pur peuplement aryen. Il voulait en trouver la trace dans ces Cimmériens et Hyperboréens, peuples dont les géographes antiques ne nous ont laissé que les noms et une localisation très approximative, quelque part au Grand Nord de l'Europe. Son objectif était de restaurer la pureté originelle de la race, abâtardie par les diverses invasions qui depuis vingt-cinq siècles ont mélangé les sangs. Son discours antisémite, antichrétien, aristocratique et passablement délirant jouissait de sa propre confusion, comme d'une sagesse supérieure accessible aux seuls initiés.

Que ce fantasme raciste ait pris pour bannière une île déserte est un paradoxe assez savoureux. Que pour exalter les grands Aryens blonds il s'appuyât sur des savants grecs en est un autre. Thulé, vide, peut se remplir des désirs de chacun, à l'infini. Ces deux étranges syllabes sont disponibles à qui veut. Aucun ambassadeur ne protestera contre pareille captation, ou pareille imposture.

Cette société ostensiblement secrète, cette franc-maçonnerie de la détestation entretenait des liens avec le parti nazi, son contemporain. Il se pourrait que Rudolf Hess et Alfred Rosenberg en aient été membres. Si Hitler lui-même ne semble pas y avoir porté grand intérêt, il lui a néanmoins emprunté le svastika et le salut le bras tendu.

Après la Deuxième Guerre mondiale, le souvenir de cette société a longtemps perduré à bas bruit dans la littérature populaire et les théories du complot.

Quand il sentit venir la mort,
Étendu sur sa froide couche,
Pour la porter jusqu'à sa bouche
Sa main fit un suprême effort !

En 1942, lorsque les États-Unis entrèrent en guerre, ils obtinrent du Danemark le droit d'établir des bases militaires au Groenland – comme en Islande d'ailleurs. Leur base la plus extrême – 76° nord, à seulement 1 500 kilomètres du pôle – est baptisée Thulé, alors même que tu n'es jamais allé dans la grande île du nord. Cette implantation leur permettait de sécuriser la route aérienne vers l'allié soviétique puis, au temps de la guerre froide, d'espérer détecter les tirs de missiles intercontinentaux.

Non loin du hameau choisi par les Américains a été découvert un site archéologique révélant une civilisation baptisée « culture de Thulé ». Elle s'est étendue dans le nord du Canada et au Groenland, pendant les dix siècles qui ont précédé les premiers contacts avec les Européens.

La population qui vivait autour de cette baie et avait été embauchée pour les travaux de création de la base a ensuite été déplacée à une centaine de kilomètres, dans un village créé de toutes pièces et baptisé Nouvelle Thulé, aujourd'hui Qaanaaq. Jean Malaurie, au début des années 1950, est venu étudier la géographie de cette région et a décrit ces populations face à la modernité et à leurs nouvelles conditions de vie. Il a rendu publique l'existence de la base de Thulé, tenue secrète jusqu'alors, et la présence d'armes nucléaires. En 1955, il a publié son grand livre sur les Inuits, superbement intitulé *Les Derniers Rois de Thulé*.

Car avec la guerre froide et même après, la base constituait un point d'appui irremplaçable, sur la route la plus directe entre les deux superpuissances. Plusieurs milliers de militaires américains y étaient stationnés. Le 21 janvier 1968, un bombardier s'est écrasé sur la banquise, provoquant l'explosion de ses munitions conventionnelles et une dispersion de matières nucléaires, avec une grave pollution radioactive.

Le dispositif défensif des États-Unis envers l'URSS puis la Russie évolue en fonction des technologies et des pensées stratégiques. Le point d'appui de la base de Thulé conserve tout son intérêt.

Et puis, en l'honneur de sa dame,
Il but une dernière fois ;
La coupe trembla dans ses doigts,
Et doucement il rendit l'âme !

Le 1er janvier 2019, la sonde *New Horizons*, lancée par la NASA en 2006, découvre et photographie au-delà de Neptune, à six milliards de kilomètres du Soleil, un astéroïde – le corps céleste le plus éloigné jamais observé directement. Sa position aux confins de notre système solaire le fait d'abord baptiser Ultima Thulé.

Mais dans la communauté des astronomes, on s'interroge, on craint le scandale, on croit savoir que ce nom accolé à cet adjectif – attestés pourtant déjà chez Virgile – serait imprégné de nauséabonds relents nazis… Exit Ultima Thulé. En novembre 2019, l'astéroïde est officiellement rebaptisé Arrokoth, qui signifie « ciel » dans les langues powhatan et algonquinne.

Ainsi, à la sottise historique s'ajoute une insulte aux peuples premiers de la baie de Chesapeake, honorés, mais seulement au titre d'un second choix.

Et ton questionnement reste d'actualité : qu'y a-t-il au-delà d'Arrokoth ?

Le nom de Thulé, froid et mystérieux, n'est pas protégé et n'appartient à personne.

Il est aujourd'hui porté par une île de l'archipel des Sandwich du Sud, aux confins de l'Antarctique, où je rêve de me rendre ; par un groupe de rock suédois, dont je confesse ne pas avoir écouté la musique ; par un sous-marin nucléaire britannique, par nature inaccessible ; par une société suédoise d'accessoires pour automobiles ; et par une bière islandaise.

Je reste sur cette dernière proposition. À mon prochain passage à Reykjavik, je boirai une pinte de Thulé bien fraîche à ta santé, le Massaliote ! Et je saurai voir dans le verre posé sur le bar une coupe d'or ciselé…

18

Les deux navires reprennent leur navigation le long de la côte.

La forme générale de Thulé se précise peu à peu. La terre était au nord lorsqu'elle montrait d'hostiles plages de sable noir, à l'ouest quand s'ouvraient les calanques. Elle est maintenant au sud. Tu es désormais pratiquement certain qu'il s'agit d'une île – car la houle qui vous arrive de face conserve une absolue régularité –, plus grande que la Sicile.

Une petite île plate apparaît sur l'horizon, tu envoies la *Grive* la reconnaître. Son rapport de visite ne te déçoit pas, tu as deviné qu'elle partageait l'austérité et le relief de sa grande sœur.

Le cœur battant malgré tout, tu descends à terre tous les jours, lorsqu'une baie protégée t'y invite. À chaque fois le constat se renouvelle. Une forme de routine a succédé à l'excitation de l'inconnu. Le désappointement se renforce de sa propre répétition. Les marins ne se disputent plus l'honneur de t'accompagner à terre et sont devenus moins vigilants. Ils ont compris autant que toi, et peut-être avant toi, que Thulé n'a rien à vous offrir. Qu'on finisse d'en faire le tour et qu'on rentre à Massalia, plus riches d'aventures et de souvenirs que de marchandises !

Cyriaque d'Antipolis t'envoie un message pour te prier de le rejoindre sur une plage. Insensible à la grandeur du paysage, il se promène en déclamant le chant IX de l'*Odyssée*. Lorsque tu débarques de ton canot, il t'entraîne loin des oreilles indiscrètes et se fait loyalement le relais des conversations des matelots, de leur désir de mettre un terme à l'aventure. Maintenant que tu as élargi la vastitude de l'océan, éprouvé ces jours qui dévorent les nuits, et découvert cette grande île jusqu'alors inconnue, ta gloire est établie. Malgré la déconvenue pour la route de l'étain, votre voyage est un succès, et une première. Tu as honoré le pavillon que Massilia t'a confié et presque renouvelé l'exploit d'Euthymènes. Il est temps de prendre le chemin du retour et de pouvoir en proclamer à tous le récit. À quoi servirait de s'éloigner davantage, si c'est pour que tous périssent et que nul ne connaisse jamais tes découvertes ?

« Nous allons doucement vers la mauvaise saison. Plaise aux dieux que nous ne fassions jamais naufrage en pareille contrée… », et tu comprends le sous-entendu de cette formule propitiatoire qui semble s'adresser au ciel mais n'est destinée qu'à toi. Si quelque tempête plus violente que les autres détruisait vos navires et vous jetait à la côte, les survivants dans ces vallées couvertes de mousses seraient condamnés à mourir assez vite de faim, ou sinon de froid.

Tu l'écoutes, et ce qu'il dit fait écho à tes méditations, bien plus qu'il ne l'imagine. Le prudent Cyriaque te rappelle à l'évidence, et tu le sais. Continuer ou rentrer… Il te faut un peu de temps pour trancher.

En 1909, à la conquête du pôle Sud, Shackleton saura s'arrêter à temps, à moins de deux cents kilomètres de son but. Peut-on le dire avec plus d'élégance que dans la lettre qu'il adressa au retour à sa fiancée : « J'ai pensé que vous préféreriez un âne vivant à un lion mort… »

On te rend compte de l'état des vivres, suffisants pour encore deux mois et sans traces de pourrissement. L'eau douce n'est plus un problème. Les navires n'ont pas souffert, et tu les as fait calfater pendant l'escale dans la calanque aux fumerolles. Les hommes sont en bonne santé, même si quelques-uns se plaignent du froid. Tu n'as aucun motif objectif de ne pas continuer. Qui sait quand pareille occasion se représentera…

Ne te mens pas à toi-même, le Massaliote. Ne prétends pas que la cupidité serait ton moteur. Critias et les consuls rêvent de nouveaux fournisseurs, de nouveaux produits, de nouveaux clients. Pour toi, l'invention de routes commerciales inédites n'est pas un but, mais un moyen, un prétexte, un élément de prestige, au mieux un retour sur investissement. Rien qui t'importe vraiment. Quel bénéfice, quel trésor pourra égaler ton bonheur d'avoir, le premier, vu Thulé apparaître à l'horizon ?

Alors, au mouillage au fond d'une longue calanque aussi inhabitée que les précédentes, bien protégée par de hautes falaises de basalte, tu fais rassembler les hommes sur les arrières des deux navires à couple pour les haranguer. Tu comprends leur impatience. Et tu sais qu'ils ont vu clair en toi. Ils devinent intuitivement cette folie qui te pousse infiniment vers le nord, au travers des brouillards et des tempêtes, au risque de devoir dans deux mois vous nourrir de vieux cuirs rebouillis dans du vin coupé et d'immondes restes de farine, voire au prix de leurs vies et de la tienne. Que diable, en topant leur engagement, ils n'ont pas consenti au sacrifice suprême…

Et, bien mieux que chacun d'eux, tu sais à quel point résonne en toi ce désir qui étouffe toute autre considération. Tu devrais leur reprocher, non de vaines craintes, mais leur insolente lucidité. Ton regard croise celui de Kaspers, et tu y lis son incompréhension. Ni lui ni personne à bord ne saurait dire quel est ton but. Et toi-même tu aurais du mal à le formuler avec clarté – comme si les brumes du nord avaient pénétré ton cerveau. Qu'aurait dit Anaximène, en constatant que le soleil de la raison ne te tient plus lieu de boussole…

Mais qu'as-tu à faire des doutes qui assaillent tes subordonnés silencieux ? Ce ne sont pas eux qui financent l'expédition. Ce n'est pas à eux que les consuls ont confié le pavillon de ta ville. Tu ne peux tolérer l'idée qu'ils entravent ta liberté, et bornent tes ambitions.

Il te faut néanmoins faire une concession, avant qu'elle ne te soit extorquée. Bien après toi, Colomb ou Magellan ont eu à affronter les craintes de leurs équipages ou de leurs officiers, et parfois même des révoltes qu'ils ont écrasées sans ménagement. Qui se souvient du nom des meneurs, condamnés à mort, confessés, exécutés ? Qui s'en soucie ?

D'une voix forte, tu rappelles que Thulé n'est qu'à six jours de l'Autre Bretagne. Un petit voyage raisonnable. Tu annonces que le voyage au-delà de Thulé continuera pour la même durée de six jours au plus, avant de rentrer. Tu conclus avec une éloquence forcée : « Vous n'êtes pas des hommes ordinaires, vous êtes des marins ! Qu'y a-t-il devant nous, sinon de l'eau salée ? Vous êtes dans votre élément, celui qui coule dans vos veines. Allons donc voir un peu plus loin si nous découvrons une autre île, plus riche et plus accueillante que Thulé. La gloire ou la fortune, voire les deux, nous y attendent ! »

Ta proclamation ne suscite guère de réactions. Les yeux rivés vers les planches du pont, loin d'être convaincus, les hommes te font néanmoins suffisamment confiance pour accepter le compromis. Ils maugréeront ce soir dans l'entrepont, mais obéiront. C'est tout ce qui t'importe.

Au déjeuner, tu racontes au second comment Euthymènes, confronté à une mutinerie, avait fait pendre deux ou trois fortes têtes, avant de conclure son prestigieux voyage. Cette anecdote, que tu viens d'inventer, sera répétée à voix basse et scelle ta détermination. On n'est jamais trop prudent.

Depuis douze années que tu navigues au-delà des colonnes d'Hercule, tu as pris l'habitude de consigner tes observations du ciel et de la mer : la hauteur du soleil à midi, la forme et l'aspect des nuages, la durée des pluies et des brouillards, le régime des vents, la durée du jour ; la hauteur des vagues, la vitesse et la direction du courant, l'amplitude du marnage dans les ports et le balancement des marées ; les amers qui permettent de retrouver les mouillages avec leur tenue et la nature du fond, la forme et la couleur des poissons pêchés du bord… Dans ta maison un meuble entier contient toutes ces notes accumulées. Tu le mentionnes parfois en plaisantant comme ton océan en réduction.

Peu à peu des constantes apparaissent, des lois s'esquissent. Ce que les meilleurs des capitaines ressentent d'instinct, tu veux pouvoir le prédire et l'enseigner. Tu ambitionnes de passer de leur pratique à des théorèmes, et de ces théorèmes à une théorie générale. Le débat incessant sur la forme et la nature de la Terre, que tu as découvert à Athènes et auquel tu continues de t'intéresser dans les réunions informelles de Massalia trouveront-ils un aboutissement avec les observations que tu t'apprêtes à faire désormais ? Par la pensée, tu parcours la distance vertigineuse qui sépare Thulé du sud de l'Égypte. Avant toi seuls les dieux pouvaient embrasser pareil écart, depuis les froidures de l'extrémité du monde jusqu'aux déserts brûlants que parcourt le Nil. Tu es proche d'une forme de révélation. Ce qu'on enseigne sur l'océan qui entoure le monde ne te convient plus.

Oui, il te faut continuer. Thulé ne suffit pas. Thulé n'est qu'une étape, le Massaliote. Ce après quoi tu tends ne peut pas être inscrit dans ces rochers noirs, dans ces torrents qui dégringolent dans les vagues. Qu'entends-tu dans les criaillements incessants des oiseaux qui virevoltent entre les navires et leurs nids sur les falaises ? Ton destin est plus loin, plus loin encore !

Tu donnes tes ordres : nuit au mouillage, et départ à l'aube. Cap au nord.

Et pour onze siècles Thulé redevient un désert.

19

Oui, cap au nord ! Toujours plus au nord !

Bien des motifs peuvent décider un homme pourtant sain d'esprit à quitter sa maison pour explorer le vaste monde. Lorsqu'une véritable expédition est organisée, ils se réduisent à quelques-uns : la conquête et l'appropriation de nouvelles terres pour la gloire de son pays ; l'ambition de rencontrer d'autres peuples pour les convertir de gré ou de force à sa religion ; l'espoir d'établir de nouvelles routes commerciales pour y faire circuler les marchandises dans un sens ou dans l'autre ; la volonté de contempler ce que nul autre n'a encore vu.

Ton voyage est fondé officiellement sur les espérances du négoce, mais aussi, pour toi seul, sur le désir de connaître – ce que nous appelons aujourd'hui la recherche. Avant toi, aucun voyageur ne combinait la maîtrise des principaux savoirs de son temps, les compétences pour naviguer loin et le goût irrépressible des ailleurs. Les comptes rendus de tes prédécesseurs devaient être purement techniques : ici un cap, là un mouillage, là encore un roi hostile, un ministre corruptible… La tradition orale conservait toutes ces informations. Si Euthymènes a consigné des réflexions théoriques à partir de son voyage en Afrique, elles sont perdues et aucun texte n'y fait la moindre allusion.

Même le plus humble de tes matelots pourra s'enorgueillir dans les tavernes de Massalia : nous avons découvert une île probablement plus grande que la Sicile, à six jours de mer des archipels du Septentrion. Il y a tant et tant de choses à dire au sujet de l'océan…

Lorsque tu décides de poursuivre au-delà de Thulé, tu n'as plus guère d'espoir de voir apparaître à l'horizon une autre terre habitée, au climat plaisant, avec qui nouer des relations de commerce. Ton voyage n'a pour horizon que la connaissance. La *Fauvette* et la *Grive* constituent la première expédition purement scientifique de l'Histoire. Tu es le premier, le Massaliote ! Et le premier d'une liste aussi longue que prestigieuse.

Pendant que tu regardes les monotones paysages de Thulé qui s'éloignent, recherchant vainement du regard un accident du relief ou une trace de vie, tu peux bien te l'avouer, et à toi seul : ta découverte te déçoit un peu. Pareil à un jeune père qui découvre son premier-né et ne le trouve pas aussi parfait qu'il l'avait rêvé, tu dois admettre que tu espérais mieux. De quoi pourras-tu te vanter, à ton retour ?

Certes, tu as ajouté une île sur les cartes. Ton premier réflexe est d'y envisager une colonie, une Massalia boréale parlant grec et honorant les mêmes dieux. Imitant Protis qui emmena des Phocéens s'installer autour du Lacydon, ce vaste port bien protégé qui fait la fortune de ta ville, tu pourrais prendre la tête d'une flottille, débarquer dans la calanque aux fumerolles et y installer quelques dizaines de familles. Avec ce point d'appui à l'extrémité de l'océan, et peut-être un autre à mi-distance à établir dans l'île Verte, le contrôle du commerce dans toute la zone serait assuré. Les Gaulois paieraient tribut pour accéder à l'étain. Des princes régnants sur d'autres îles et ports des mers du nord feraient allégeance, et Massalia se trouverait à la tête d'une confédération océanique…

Mais cette rêverie s'efface dans les grains de neige. De ton premier aperçu, tu conclus à l'absence de toute richesse minérale, de forêts, d'animaux à fourrure. De quoi vivraient des colons ? De la pêche ? Tu as constaté la misère des habitants des archipels du Septentrion. Nul n'a jamais fait fortune sur le poisson séché. De l'élevage ? Des moutons et peut-être des bœufs pourraient trouver leur content dans ces prairies qui descendent à la mer, et l'eau, rare et précieuse en Méditerranée, coule ici en abondance. Mais tu as vu les immenses glaciers de la côte sud, et tu as constaté combien l'été est frais. À quoi donc ressemble l'hiver en un pareil pays ? Les troupeaux y survivraient-ils, ou seraient-ils décimés par le froid et la faim ? Et les colons ?

Peut-être en effet Thulé ne conviendra pas, et tuera les imprudents qui tenteront pareille expérience. Peut-être, indifférente, n'est-elle pas faite pour les hommes. Mais si son inutilité est absolue, pourquoi les dieux ont-ils permis son existence ?

Tes rêves se révèlent un peu courts, ou bridés par l'insuffisance de tes moyens. Permets-moi de les élargir, et d'esquisser à ma façon une histoire qui n'a pas été.

Ton récit aurait pu susciter des vocations. L'été suivant, quelques navires partis de Massalia auraient fondé une colonie sur Thulé, dans cette vaste baie ouverte à l'ouest où jaillissent çà et là des fumerolles, la baie des fumées – en islandais *Reykjavik*.

En faisant venir, ou en capturant des hommes et surtout des femmes dans le nord de l'Autre Bretagne, en bénéficiant de la chaleur que le sol offre à foison, la Nouvelle Massalia aurait prospéré, grâce à l'élevage de moutons et à la pêche. Les plaines alentour auraient été nommées Camargue et Crau, et Ventoux le volcan enneigé qui se détache de l'autre côté de la baie. Les Scandinaves venus de Norvège au VIIIe siècle se seraient intégrés à ce peuplement premier. Après l'arrivée du christianisme, une cathédrale dédiée à Notre-Dame aurait été construite sur la colline dominant la ville. Les Thuléens s'adonneraient à la pétanque, iraient passer leurs dimanches dans des cabanons édifiés sur le basalte du rivage, et leur soupe de poisson serait devenue emblématique.

Cette vision prémonitoire n'a pas pu t'effleurer. Aucun devin, aucune pythie ne pouvait prophétiser l'avenir de Thulé. Froide et ingrate, cette terre de laves, de bruines et de landes ne pouvait attirer des Méditerranéens habitués à l'éclat du soleil, aux collines sèches, aux vignobles, aux oliveraies, à l'ombre bleutée des forêts de chênes où l'on mène paître les porcs et les chèvres…

L'essaim n'a pas pris son envol vers le nord.

Les dieux vous accompagnent pour cette première journée de mer. La houle, ample, vous berce, et un vent de suroît établi gonfle les voiles. Tu fais vérifier et revérifier l'état de la mâture, des gréements, des jointures, des rames, des mille pièces qui composent un navire, pour te rassurer une nouvelle fois et pour éviter l'oisiveté à bord.

Après le dîner, comme tu n'as pas sommeil, tu restes sur l'arrière, à l'affût de tout. Non pas que tu n'aies pas confiance dans tes équipiers et dans le guetteur, mais parce que tu veux vivre intensément chaque seconde au-delà de Thulé.

Au mitan de la nuit, une lueur grandissante attire ton attention. Elle semble trop diffuse et trop large pour provenir d'un fanal, d'un phare ou même du feu d'un volcan. Haut dans le noir de la voûte nocturne apparaît peu à peu une forme vague qui s'étend, semble dériver, prend une teinte verdâtre, s'étire, tourne lentement sur elle-même, et laisse deviner dans son prolongement trois autres longues irisations aux reflets bleu moiré – comme un banc de nuages qui susciterait sa propre lumière, comme une aube qui naîtrait à contretemps, à la verticale des constellations de ténèbres.

Cette étrangeté se précise, se déploie vers l'obscur zénith en une série de lourdes tentures. D'autres couleurs se révèlent, des indigos profonds, des rouges inquiétants marbrés de noir, des verts très pâles, et se mêlent, et sont animées de mouvements imperceptibles. Ces draperies sans substance accrochées très haut dans le ciel semblent légèrement agitées par une brise inconcevable.

Quelles déesses chassées de l'Olympe et privées du soleil d'Apollon composent pour leur seul plaisir ce lent ballet des regrets ? Et qu'adviendra-t-il des mortels qui ont vu sur fond d'étoiles l'éclat de leurs robes diamantées et de leurs traînes de lumières ?

Les matelots restent tous bouche bée devant pareil spectacle. Leur témoignage sera précieux, car aucune personne raisonnable et instruite ne pourra croire à pareil phénomène. Et parmi les penseurs d'Athènes qui dissertaient savamment sur la Terre sans n'avoir jamais quitté l'Attique, aucun ne serait en mesure de proposer une théorie susceptible de l'expliquer. Comme tes hommes, tu as le sentiment d'avoir pénétré une réalité inconnue. Comme eux, tu te demandes s'il est loisible d'entrer dans cette région où le froid s'accentue, où la nuit divague et repeint le ciel. Quelles sont les prochaines fantasmagories qui vous attendent ? Non pas le cyclope de l'*Odyssée*, que personne n'a jamais rencontré, ni les racontars parsemés d'enfantillages de voyageurs sur des hommes à tête d'éléphant ou des géants débonnaires, mais bel et bien une cosmogonie nouvelle qui se laisse apercevoir.

Tu ressens l'ivresse des commencements, l'orgueil des précurseurs. Ce que tu as vu doit être partagé. La remarque de Cyriaque d'Antipolis a fait mouche : rien ne sert de parcourir l'océan si personne n'en sait jamais rien. Ton voyage ne vaut que par sa transmission. Tu te souviens avec encore un peu de colère des hiérarques de Milet que tu croisais chez Prodicos et de tous ceux qui, comme eux, se refusaient de raconter leurs pérégrinations.

À ce moment-là, tu te fais le serment de mettre par écrit tout ce que tu as appris. La simple description des paysages et des fantaisies du ciel ne suffira pas. Il te faut aussi les comprendre. Tu es le capitaine le plus audacieux, le mieux formé et le plus expérimenté de ton temps. Pas question de rester muet ! La responsabilité de cristalliser la connaissance pour les générations à venir t'incombe. Raconter, attester, expliquer… Tu ne sais pas encore quelle forme devra prendre ce texte ni quand et comment tu l'aborderas. Rien ne presse. En voyant s'éloigner le souvenir de Thulé dans le sillage puis les flots se refermer, tu te promets que le savoir accumulé, lui, ne se refermera pas dans la mer de l'oubli. Un jour tu écriras le récit de l'océan.

20

Au quatrième jour – plus que deux avant que tes matelots ne te rappellent la promesse qu'ils t'ont arrachée au départ de Thulé –, le froid devient encore plus intense, et, avec un vent soutenu, dévoreur de forces. Emmitouflés dans toutes les épaisseurs de vêtements dont ils disposent, les hommes grelottent sans se plaindre.

Le mauvais temps revient, avec de la pluie et des rafales de vent. Tu fais ajuster les voiles et maintiens le cap au nord. Aucune terre ne se profile à l'horizon, même dans l'œil d'aigle de Kaspers grimpé dans la mâture. Vagues et bourrasques frappent le navire – moins que les doutes assaillant ta détermination.

Peu à peu tu sens que la *Fauvette* ne réagit pas comme d'habitude. Au lieu de se redresser avec nervosité, elle peine, elle tarde à revenir, titube, embarque bien trop d'eau qu'il faut écoper. Ton second aussi a perçu cette dangereuse indolence, cette étrange apathie. Et c'est lui qui comprend et pousse le cri salvateur : « La glace ! Tout se prend en glace ! »

Au contact de la coque, du pont, des vergues, de n'importe quelle surface solide, les gerbes d'eau que la mer lance avec furie, au lieu de s'écouler, gèlent instantanément, recouvrant d'une gangue de plus en plus épaisse chaque détail du navire.

Celui-ci, alourdi, s'enfonce avec lenteur, résiste de moins en moins aux coups de boutoir du gros temps, et, son centre de gravité remontant peu à peu vers la ligne de flottaison, s'expose à chavirer. Tu hurles à ton tour : « Tout le monde dehors ! Arrêtez d'écoper ! Cassez la glace ! Pic, pioche, truelle, couteau, prenez ce que vous trouvez et libérons-nous de ce poids ! »

Tout l'équipage entend le danger, et chacun, s'emparant du premier outil en fer qui lui tombe sous la main, s'attaque à ce givre grossissant à vue d'œil. Mais le temps que le pied du mât soit dégagé, le plat-bord qui venait d'être libéré se recouvre d'un miroir gris qui gonfle à chaque lame qui s'abat. Tu modifies la route, fuyant sous le vent, pour limiter l'exposition aux vagues. Comme chacun à bord, tu te bats de toutes tes forces. Avec une hachette, par petits coups secs donnés de biais, tu nettoies ce qui est à ta portée pour devoir recommencer aussitôt.

Pendant deux heures, vous parvenez à contenir l'assaut du froid et à soulager un peu le navire. Mais tu vois bien que l'intense effort déployé par les matelots ne pourra pas durer trop longtemps, et qu'à terme les hommes épuisés, mains et visage gelés, ne pourront rien contre le naufrage qui se prépare. Que faire d'autre, que de continuer jusqu'à épuisement ce combat contre les éléments ? Et c'est avec l'énergie du désespoir, en gueulant des cris de rage malgré des muscles endoloris, que chacun, ravalant ses larmes, défend le navire.

Soudain le vent tourne, il vient du sud, il amène un air plus chaud, la pluie diminue, et toute la glace fond d'elle-même. Abasourdis, les hommes regardent la *Fauvette* ruisseler, retrouver ses formes, sa carrure, son répondant. Des déchirures de ciel bleu apparaissent. La houle retombe peu à peu. Comme s'il ne s'était rien passé.

À la nuit, lorsque les matelots s'écroulent de fatigue sur leur paillasse, tout est calme : vent léger, houle faible, froidure à nouveau.

Le lendemain, le soleil semble plat, engourdi, sans forces. Lui qui, maître absolu, régnait avec violence sur les sables de l'Égypte, est ici châtré, réduit à un rôle de grosse lanterne pâle. Le ciel, d'une blancheur uniforme, sans reliefs ni détails, reste morne et l'horizon ne s'en distingue pas. De-ci de-là tombent des flocons impalpables. Et blanche est la mer devant vous : non pas blanche d'écume, fouettée par les bourrasques, mais d'un blanc inaltérable, immobile, veiné de gris sombre. Et d'ailleurs, est-ce bien la mer, cette étendue figée, sans bornes, où rien n'arrête le regard ? Comment pourrait-elle être ainsi privée de tout mouvement, de toute vie ? Et si ce n'est pas la mer, quelle est cette plaine neigeuse qui semble émettre sa propre lumière, de quoi est-elle constituée ? Pour en avoir le cœur net, tu fais mettre la *Grive* en panne et avancer la *Fauvette* à toute petite vitesse.

Elle finit assez vite par stopper, retenue dans son élan par une substance étrange mêlant à parts égales eau liquide et eau gelée. On croirait voir, de part et d'autre de la coque, cette boisson prisée des très riches pendant les chaleurs, faite de miel et de glace descendue pendant l'hiver des montagnes et finement pilée.

Aussi menaçant que l'haleine d'un monstre sous-marin, l'air tranche comme une lame, tout vibrant de froidure et de sel. Tu ressens à la fois une excitation sans bornes et une peur panique. À la frontière de quels mondes inconnus es-tu arrivé ? Et quels secrets inimaginables s'étendent devant toi ?

Afin d'écouter le chant des sirènes sans risquer de se jeter par-dessus bord pour les rejoindre, Ulysse le rusé a bouché à la cire les oreilles de son équipage puis s'est fait attacher au mât de son navire. Et toi, toi qu'aucun lien n'immobilise, résisteras-tu à l'appel de cette symphonie du silence, de ces mille craquements sourds de la glace de mer ?

La description que tu as laissée de cette rencontre a fait si forte impression que même ceux qui mettaient en doute tes découvertes l'ont paraphrasée. Dans sa *Géographie* en dix-sept livres, Strabon, ce savant grec qui vécut trois siècles après toi, évoque ainsi tes aventures, peut-être sans vraiment comprendre ce dont il parlait :

« ... *des voyages vers Thulé et ces régions où il est impossible de distinguer la terre, la mer ou l'air. C'est un mélange des trois, analogue à un poumon, dans laquelle la terre et la mer et toute chose flottent. Cette mixture ne peut être traversée ni à pied ni en bateau. Pythéas l'aurait vue par lui-même.* »

Pour comprendre la comparaison avec un poumon, il faut visualiser l'organe tranché net en deux sur l'étal d'un boucher, faisant apparaître une texture constituée de cellules rondes ou hexagonales, qui semblent toutes égales et sans qu'aucune structure n'apparaisse.

Oui, à toi comme aux commentateurs de l'Antiquité, les mots manquaient, au sens propre, pour décrire la banquise : ni terre, ni mer, ni glacier descendant des montagnes, mais à l'infini un horizon immaculé et inatteignable qui se confond avec le ciel.

Le long du bord dérivent de petits filaments translucides qui s'agrègent les uns aux autres et prennent des formes régulières.

Quel dieu narquois répand ainsi à profusion des pétales de rose couleur ivoire sur les flots ?

Ton navire est arrêté. Impossible de continuer. Tu es allé plus loin qu'Euthymènes. À perte de vue, la mer gelée. Le silence. Le blanc. Le froid. Tu ressens une absolue solitude. Aucun animal en vue. Pas un souffle de vent. Aucune odeur. Le terme de ton voyage est atteint, le Massaliote ! Cet instant scelle ton destin.

Les hommes attendent avec impatience tes instructions, mais ils ne peuvent deviner combien douloureux sera pour toi l'ordre inéluctable, que tous espèrent, le seul qui évitera une mutinerie : cap au sud ! Comme un glas tombant d'un clocher, les mots qui sortiront de ta gorge seront définitifs, irrattrapables. Retiens, oui, retiens encore un instant cette phrase définitive – non un aveu d'échec, mais, peut-être plus douloureux encore, un constat d'inachèvement.

Alors tu cours à la proue, tu te penches en avant, étends les bras, les mains, allonges les doigts autant que tu le peux vers cette muraille impalpable, invisible, infranchissable. Les bornes de ton parcours se laissent effleurer, caresser, non dépasser. Devant toi, une porte majestueuse et cruelle, que nul n'avait jamais vue ni même imaginée, ne se laissera pas franchir. Sans qu'aucun homme à bord ne le voie, tu laisses couler tes larmes. Elles ne sourdent pas de l'amertume, de la joie, de la frustration, ni même de l'éblouissement. Elles émanent de la plus pure des sources : ce sont des larmes de désir.

21

En pareille contrée, l'immobilité serait un piège mortel. Tu reviens à la raison, à la vie, et pousses un cri : « Aux rames ! Tout le monde aux rames ! »

Il est plus que temps de rentrer. Tout le monde a compris et l'équipage retrouve le sourire.

La matinée du deuxième jour du voyage de retour est marquée par du gros mauvais temps, qui dans l'après-midi se transforme en véritable tempête. Le vent hurle en rafales irrégulières et chargées de neige. Les nuages descendent, livides et parsemés de tourbillons, parfois zébrés d'éclairs sans coups de tonnerre : un bloc fracassant d'hiver chu soudain sur les flots. La houle se lève et se creuse de plus en plus, avec des gouffres qui semblent vouloir avaler le navire et des murs d'eau verte frangés d'écume qu'il peine à escalader. Tu fais réduire la toile au minimum, mets deux hommes à la rame de gouverne latérale, file une ancre flottante pour fuir sous les coups de boutoir des éléments déchaînés.

La *Fauvette* se couche et se relève avec des mouvements brusques, presque exagérés, qui la fatiguent. Ton navire est trop léger pour bien tenir dans pareilles conditions de mer. Les cales auraient dû être remplies de l'étain des successeurs de Beodulf, et tu n'as pas pensé à compléter le lest manquant en embarquant ce qu'il fallait de pierres et de blocs de lave à Thulé. Pas le temps de te lamenter.

Alors que les déferlantes glacées s'abattent et balayent le pont, dans un vacarme de tous les diables où tu entends souffrir les membrures de la coque, une lumière livide et sans espoir ne montre que la furie de l'océan redoublant celle des dieux. Dans cette mer déchaînée où nul n'avait jamais navigué avant toi, tu redoutes plus que tout, dans ce jour blafard, le surgissement subit d'une falaise contre laquelle la *Fauvette* viendrait se fracasser quoi que tu puisses tenter. Ton seul espoir est d'avoir assez d'eau devant toi pour laisser courir sans risquer d'être jeté à la côte. Rien d'autre à faire que d'attendre que cette violence cesse. Tu as renvoyé l'équipage dans l'entrepont, et, seul avec les deux marins agrippés de toutes leurs forces à la rame de gouverne, tu n'as en fait aucune décision à prendre. Tu contemples cette fureur sans bornes ni règles tout autour de toi.

Tu te targuais de connaître un peu l'océan, le Massaliote ? Apprécie à sa juste valeur cette leçon supplémentaire qu'il te donne, et accepte, malgré la peur qui te tord le ventre, de te laisser aller à l'admiration…

Lorsque enfin la tempête se calme au matin suivant, ton second t'oblige à descendre te reposer. Tu t'écroules pour quelques heures, et lorsque vers midi tu réapparais, les nuages sont redevenus blancs et paisibles, la houle toujours marquée s'est aplatie. Le vent est presque entièrement tombé. La *Grive* n'est plus en vue.

Où êtes-vous ? Tu présumes que vous avez été chassés plein est, et tu choisis, malgré l'inconfort, une route sud-ouest, espérant retrouver Thulé.

Ton estime n'était pas mauvaise, puisque trois jours plus tard elle apparaît. Tu la laisses à bâbord, établissant ainsi son insularité. Le froid vif a laissé place à une fraîcheur raisonnable, et sans vous laisser tromper par un clocher pointu et blanc qui se révèle être un volcan enneigé ni par les fumées qui montent ici ou là, vous continuez vers les archipels du Septentrion.

Cinq jours plus tard, les premiers écueils et îlots émergent des brumes. Il devient aisé de retrouver un peu plus loin l'île du Couteau, ainsi baptisée en raison d'un monolithe qui masque l'entrée d'une longue calanque protégée par des falaises. Tu as donné instruction à Cyriaque d'Antipolis de vous retrouver en ce port naturel, et tu espères, en embouquant le seuil, voir la *Grive* au mouillage. Mais seules de petites barques de pêche tirées au sec devant les quelques masures qui se terrent en haut de la plage vous y attendent.

Les consignes sont simples : le premier arrivé attend l'autre pendant une semaine puis rentre à Massalia. Tu mets à profit ce temps pour diriger les réparations qui s'imposent, puis tu fais charger des blocs de pierre pour alourdir le navire. Deux hommes ont été légèrement blessés, ton second et la sorcière du hameau leur prodiguent les soins.

Quatre jours après la *Fauvette,* sous une pluie battante, la *Grive* apparaît enfin. Elle a bien plus souffert de la tempête, avec un mât à moitié arraché, des vergues pendantes, une fuite dans sa coque qui requiert d'écoper en permanence. Et trois disparus, tombés à la mer. Après la joie des retrouvailles, les deux équipages opèrent les réparations nécessaires. Et tu entends murmurer que décidément tu es béni des dieux et qu'il vaut mieux naviguer avec toi.

22

Le retour à Massalia est un triomphe. Et bien sûr un second voyage suit.

Les historiens en débattent, exigent des preuves en sachant que le temps les a effacées. Ils supputent la possibilité d'avoir découvert tant de terres nouvelles en un seul voyage – alors que les marins de l'Antiquité répugnaient à naviguer à la mauvaise saison, même en Méditerranée. À ces discussions sans fin, j'apporte ma certitude : après être rentré chez toi sain et sauf et avoir savouré le repos et les éloges, tu ne peux que souhaiter ardemment repartir, connaître à nouveau cette quête, cette incertitude, ces risques, cette attente… Comment pourrais-tu renoncer à cette perspective et te contenter d'un quotidien ordinaire ?

Tous tes successeurs ont succombé à cette tentation. Christophe Colomb a dirigé quatre expéditions, James Cook trois, Vasco de Gama comme Kerguelen deux. Charcot a hiverné deux fois en péninsule antarctique, Shackleton a fait trois tentatives vers le pôle Sud, Paul-Émile Victor deux traversées du Groenland. Et si d'autres n'ont à leur actif qu'un seul voyage, c'est parce qu'ils sont morts en chemin ou qu'ils n'ont pu convaincre leurs commanditaires de renouveler leur mise de fonds.

Prudent, tu laisses passer une année à naviguer vers Naucratis, Corfou et la Sicile. Mais dès le second hiver, tu te confies à Critias. Retourner à Thulé n'aurait aucun sens. Aussi, tu proposes un parcours sans risque, toujours à vue de terre : remonter le long des côtes de la Gaule aussi loin qu'il sera possible. Peut-être cette route inédite permettra-t-elle de contourner toute l'Europe par le nord et, en utilisant le réseau des grands fleuves, de revenir jusqu'au Pont-Euxin et de boucler la boucle. Une circumnavigation de l'Europe, voilà qui donnerait à Massalia un avantage décisif sur toutes ses concurrentes ! Au passage, tu espères découvrir le pays où vivent les licornes, auquel Beodulf a clairement fait allusion.

La licorne fait réagir ton frère, qui te rappelle que ton premier voyage a croqué la totalité des bénéfices de la vente de la corne, ou presque. Tu baisses la tête pour dissimuler ton sourire et objectes que les coûts seront cette fois-ci bien moindres : un seul navire, une absence moins longue, la participation d'autres armateurs, l'objectif uniquement commercial… Les objections de Critias rejoignent les tiennes, et il importe de les combattre de manière argumentée.

Pour des motifs qui tiennent plus du prestige que des comptes, ton frère se laisse convaincre. Grâce à son influence et celle de Zotos ton beau-père, vous arrivez à placer huit des trente rames, ce qui témoigne de l'estime qu'on te porte. Et à la fin du printemps, tu repars en expédition.

Jusqu'au nord de la Bretagne, la navigation et le commerce se déroulent comme prévu. Au-delà, vous découvrez des côtes sablonneuses, des marais, des vasières, des lagunes, de vastes estuaires sous un ciel gris-bleu où souffle le vent du large.

Des villages misérables apparaissent de loin en loin, rien qui mérite de s'y arrêter. Aucun danger ne vous menace, hormis d'imprévisibles bancs de sable qu'il faut contourner.

Ce qui t'étonne le plus, dans cette navigation précautionneuse, c'est sa monotonie. Une route nord-est, des vents d'ouest établis, des averses, une lumière mouillée, des terres basses sans amers ni reliefs, une absence complète de périls. Sans doute n'es-tu pas encore parvenu assez loin.

Lorsque au-delà d'un cap la côte redescend vers le sud et que tu discernes à l'horizon des îles plates, tu hésites : explorer cet archipel qui se laisse deviner et ce qu'il y a au-delà, toujours plus au nord, perdre de vue le dessin du continent, trahir la promesse faite à ton frère... La tentation est forte, mais non. Ou en tout cas pas cette fois. Ton projet est de faire le tour de l'Europe en la gardant toujours à vue à tribord et tu ne vas pas t'en écarter.

Après une journée plein sud, vous longez des plages sur une route à nouveau est-nord-est. Plusieurs grands fleuves débouchent de ces paysages dépourvus de relief, et tu les remontes pour autant que la marée te porte sans rien découvrir d'intéressant. Quelques hameaux sont implantés sur les berges boueuses, mais tu ne perds pas ton temps avec ces gardiens de porcs et d'oies, malgré les appels qu'ils t'adressent.

La mer que tu découvres est uniformément grise, sous le soleil comme sous la pluie. Tu fais régulièrement sonder, et constates qu'elle est peu profonde : assez d'eau sous la coque, mais jamais tu ne perds le fond sableux. Les journées s'allongent à nouveau, et les nuits résistent de moins en moins. Cette fantaisie ne te surprend plus, même si elle continue de te mettre mal à l'aise.

Les forêts et les landes qui bordent le littoral ne ressemblent ni aux paysages de Thulé, ni à ceux de Méditerranée ou de l'Autre Bretagne. Aucune indentation marquée dans le trait de côte. Que ces ciels sont immenses !

Enfin tu distingues, sur une colline dominant un estuaire, une petite ville, ou plutôt un gros bourg. Des barques de pêche sont tirées sur une plage où sèchent de grands filets. Tu fais mettre au mouillage et descends à terre avec quelques hommes armés.

On vous conduit à un vieil homme barbu qui siège dans la plus vaste maison, la seule construite en pierres. Vous échangez des saluts sans vous comprendre, tu offres quelques petits cadeaux. Kaspers s'exprime dans sa langue, sans succès. Vous souriez de part et d'autre, vous essayez de vous expliquer avec des gestes. Au moins tu constates que ton hôte, roi ou prêtre, n'est pas hostile. Puis un remue-ménage se fait entendre et une femme d'une trentaine d'années, vêtue de haillons, est amenée de force devant vous. Elle ne connaît pas le grec, mais son idiome n'est pas trop éloigné de celui de ton matelot breton : en parlant lentement, en répétant, en tâtonnant, avec des signes, des grimaces et des dessins sur le sol de terre battue ils arrivent à échanger. Par leur truchement, lentement et malaisément, tu parviens à communiquer avec le chef. Avec force gestes de respect, tu lui offres une amphore de vin ainsi qu'un sac de blé, et expliques que ton navire est rempli de ce fret. Que peuvent-ils proposer en échange ? Du métal ? Non. Des échantillons te sont présentés. Les bois sont médiocres. Le poisson séché ne t'intéresse pas. Une corne de licorne ? Oui, ils connaissent cet animal, mais on n'en trouve point dans ce pays. Des peaux et des fourrures, mais d'une qualité très moyenne. Tu te baisses pour caresser négligemment une cape au poil soyeux.

Le chef pousse un petit cri et te désigne du doigt. Que veut-il ? Dans ton mouvement, tu as laissé voir autour de ton cou le bijou que Prodicos t'a offert il y a si longtemps et que tu n'as jamais ôté. On t'apporte alors un coffret, contenant plus d'ambre que tu n'en as jamais imaginé. Même si tu as le souffle coupé devant pareil trésor, tu caches ton intérêt et examines sans réagir ce qui t'est présenté. On t'explique qu'il naît dans la mer et se ramasse sur les plages, notamment après les tempêtes ou les grandes marées.

Pendant trois jours d'escale, alors que tu fais procéder à de menues réparations, les termes du marché se précisent : deux ballots de fourrures contre cinq sacs de blé et autant d'amphores de vin. Vous topez. Et ensuite, tu lui demandes comme sans y penser ce qu'il voudrait pour être débarrassé de ces cailloux aux reflets orangés qu'il t'a montrés. Trois autres amphores !? Tu protestes, tu fais mine d'être choqué – alors que leur valeur est supérieure à celle de ton navire. Désireux d'emporter ton assentiment, il ajoute la femme esclave dont tu pourrais avoir besoin pour la suite de ton voyage. Après ce qu'il faut de simagrées pour que nul ne perde la face, vous tombez d'accord.

Comme vous êtes désormais les meilleurs amis du monde, le chef te met en garde contre les princes que tu vas rencontrer ensuite, tous plus cupides, cruels et indignes de confiance les uns que les autres – l'habituelle chanson. Tu le remercies néanmoins de ce précieux conseil. Interrogé sur tes projets pour les prochains étés, tu laisses entendre que tu reviendras.

Vous reprenez la mer. La présence à bord d'une femme, même esclave, suscite une réprobation unanime. En même temps, malgré – quelle horreur – sa tresse de longs cheveux jaunes, elle fait l'objet de peu discrètes manœuvres d'approche. Pour éviter tout problème, tu lui laisses ta cabine et dors sur le pont, enveloppé dans une légère couverture. Avec l'aide de Kaspers, tu tentes de reconstituer son parcours, qu'elle raconte de façon véhémente, mais aucun des noms de lieux qu'elle cite n'est identifiable.

Dans les trois ports où vous débarquez ensuite, elle t'aide dans les discussions avec les chefs. Tu acquiers à chaque fois, et toujours à des prix dérisoires, un peu d'ambre, sans parvenir à te faire expliquer la nature de cette substance que la mer rejette. Tu négocies aussi des fourrures de plus en plus belles, chaudes, au cuir souple, aux profonds reflets argentés ou bleutés. Ce second voyage s'avère bien plus rentable que le premier.

Toujours plus nordet. Peu à peu à bord l'ambiance se tend. L'arrivée des nuits blanches, les nappes de brouillard qui surviennent sans raison, les nuées de moustiques qui s'abattent dès que vous mettez pied à terre, l'incertitude sur la durée de l'expédition, la présence de l'esclave, tout est prétexte à récriminations. Les hommes fuient ton regard. Même Kaspers ne comprend pas pourquoi tu t'obstines. Vous êtes maintenant tellement loin de Massalia !

Le fleuve que tu recherches et qui doit permettre de rejoindre le Tanaïs et de descendre jusqu'au Pont-Euxin n'apparaît toujours pas. Les chefs avec qui tu entres en contact ont vaguement entendu parler de marchands voyageant très loin par voie fluviale. Tu as bien remarqué sur l'un d'eux une boucle de ceinture aux motifs torsadés, d'une facture comparable aux bijoux que tu as vus, tout jeune subrécargue, dans tes voyages au départ d'Athènes. Peut-on toutefois en déduire que depuis une même forge quelque part à l'intérieur des terres ces pièces de bronze ont voyagé sur la même voie d'eau, à la fois vers le sud où tu les as découverts il y a plus de vingt ans, et vers le nord où tu te tiens ?

Le gnomon te l'apprend : tu as atteint un point aussi nord que les archipels du Septentrion.

Lorsque enfin un immense estuaire apparaît, avec un débit si important que la mer en devient douce, tu comprends qu'il faut y croire ou renoncer : tu n'iras pas plus loin. Tu t'engages à marée montante, soutenu par une bonne brise, et découvres un labyrinthe d'îles, de vasières, de canaux, de lacs, où vous manquez vous perdre. À nouveau dans le lit principal du fleuve, il vous faut attendre le jusant pour continuer. Et lorsque l'influence de la mer ne se fait plus sentir, que le vent faiblit, tu ordonnes de sortir les rames pour avancer, si lentement, contre le courant. Les steppes que vous traversez n'ont rien à offrir et semblent désertes. Elles sont pires qu'effrayantes : ennuyeuses. Aucune licorne n'y galope. Aucun village. Aucun relief. Au bout d'une semaine, tu comprends que tous ces efforts n'ont aucun sens, alors que la mutinerie gronde. Il faut être rentré à Massalia pour la fin de l'automne. La mort dans l'âme, tu ordonnes de faire demi-tour, et le fleuve vous porte à la mer.

Les nuages d'orage sont repeints par le soleil déclinant en rouge vif, en bronze, en vert, en jaune d'or. Leurs formes évoquent des bulbes, des clochetons, des tours pointues comme des aiguilles, des murailles crénelées, toute une ville née comme un mirage du lacis des canaux et du damier des îles…

Tu as échoué. Tu as réussi. Tu n'es pas parvenu à faire le tour de l'Europe et à revenir par le Pont-Euxin. Tu as encore découvert des terres nouvelles où nul avant toi ne s'était aventuré. Tu n'as exploré que des côtes à peine peuplées, sans ressources en fer, en étain ou en cuivre. Tu rapportes un trésor en fourrures et surtout en ambre. Tu as échoué.

À l'occasion d'un mouillage près de la côte, l'esclave se jette à l'eau et nage jusqu'à terre. Faut-il mettre un canot à la mer pour la rattraper ? Non. Qu'elle s'enfuie. Le peu qu'elle t'a coûté ne justifie pas une perte de temps. Plein ouest !

Vous êtes de retour cinquante jours plus tard. À nouveau, tous ceux qui ont voyagé à ton bord sont rentrés sains et saufs. À nouveau on parle de toi et de tes découvertes sur les quais, et tes matelots, oublieux de leurs doutes, se répandent dans les tavernes et vantent leurs exploits à qui veut les entendre.

Critias est ébloui par la beauté des fourrures et plus encore par tout l'ambre que tu déposes sur une table devant lui. Non sans gloriole, tu lui en rappelles la valeur, tout en faisant jouer la lumière sur cette fortune amoncelée. À ta grande surprise, il grimace à moitié.

« Depuis toujours, les Égyptiens parent leurs momies dans les pyramides avec des bijoux faits de cette substance rarissime. Si je mets à la vente pareille quantité, les cours vont s'effondrer, les pharaons et les rois se détourneront d'une pierre devenue aussi commune que le rubis ou la topaze. Et que répondrai-je à tous ceux qui me demanderont comment Massalia a pu devenir en un instant la capitale de l'ambre ? Pour lui conserver sa rareté, Il faudra l'écouler avec précaution, très lentement, par divers intermédiaires dans divers ports. En dix années, au moins, voire quinze… »

Cette logique de négociant est imparable, et tu le sais. Et par cette remarque indiscutable, ton frère vient avec délicatesse d'exclure la possibilité d'un troisième voyage.

Troisième partie

LA GLOIRE, L'OUBLI ET AUTRES VANITÉS

23

De toutes parts on te demande de raconter tes aventures.

Au début, tu acceptes volontiers : pour les consuls, qui t'ont confié le pavillon de la ville ; pour ta famille, et tes nombreux cousins et alliés ; pour tes collègues les capitaines, désireux de mieux connaître ces contrées lointaines ; pour tel haut dignitaire étranger, comme agrément d'une visite officielle.

Assez vite pourtant tu te lasses de ces narrations. La curiosité du public pour tes étranges découvertes ne diminue pas, mais tu n'acceptes plus d'être écouté d'une oreille distraite, comme un conteur des rues. On vient te déranger à n'importe quelle heure, et parfois jusque sur le seuil de ta maison. Le mécontentement de Critias égale le tien.

Tu finis par mettre le hola à ces sollicitations permanentes. En t'inspirant du petit cénacle massaliote qui réfléchit sur les terres inconnues et les astres, tu poses des règles inflexibles. Sous ta présidence, des réunions ont lieu à la pleine lune et à la nouvelle lune, entre l'équinoxe d'automne et celle de printemps. Pour y être admis, tout impétrant doit prononcer un discours traitant du sujet géographique ou astronomique de son choix, et y apporter un regard neuf. Les curiosités les plus diverses sont appréciées : la description d'un port ou d'un mouillage, les prévisions d'éclipses, les ressources de la pêche, les richesses de telle région lointaine, la nourriture et la santé des matelots, le classement des étoiles selon leur brillance, les améliorations apportées aux vergues et aux gréements, une astuce pour mieux utiliser le gnomon, le régime des douanes ou celui des vents…

Vos rencontres se tiennent d'abord dans l'arrière-salle d'une taverne jouxtant la criée aux poissons. Ce lieu incommode, bruyant et trop fréquenté s'avère insuffisant face à la demande. Fort de ce premier succès, tu obtiens de la ville au bout d'une année seulement la mise à disposition d'une salle sous les réserves de grain. Du coup, ce groupe d'études prend le nom de « Grenier de Massalia ».

Après l'exposé d'un candidat et sa réception comme membre, tu livres une petite conférence sur tel ou tel aspect de tes navigations ou de tes recherches. S'engage ensuite un débat qui peut durer jusqu'à l'aube, dans l'écoute, le respect de l'autre et la sobriété. Et devant cet auditoire choisi, aux questions pertinentes, tu déroules avec plaisir tes souvenirs. Seules de telles soirées te permettent de repartir par la pensée à Thulé, ou de revoir à ta guise la mer gelée et le jour sans fin. Ceux qui te connaissent bien voient alors dans ton regard flotter l'ombre de la nostalgie.

Assez vite, la renommée du Grenier se répand. Aucune institution comparable n'existe dans aucun port. La mise en commun des savoirs produit une émulation irrésistible et féconde. Navigateurs et savants se parlent, se critiquent, s'écoutent. Les consensus auxquels ils parviennent font autorité.

Les légendes et les racontars sont mis en pièces. Et les vantardises anéanties.

Y a-t-il pour toi plus beau souvenir que ce timide étudiant venu tout exprès d'Athènes – d'Athènes ! –, pour traiter de cette question : pourquoi n'y a-t-il pas de marées en Méditerranée ? Quelques ricanements accueillent cette insolence, cette incongruité, mais tu les fais taire d'un geste agacé. Tu as toujours pensé que l'océan était une exception, et voilà que ce gamin vient renverser cette évidence ! Les quelques hypothèses qu'il propose ne permettent pas de trancher le débat, mais celui-ci est désormais ouvert. C'est pour de telles avancées que tu as fondé le Grenier. Lorsque le jeune Athénien termine son propos, tu te lèves et déposes sur son front une couronne de laurier, celle attribuée aux vainqueurs.

Certains n'assistent qu'à deux ou trois séances, le temps de trouver la réponse à la question qui les préoccupe. Parmi les assidus, les uns restent résolument muets une fois leur exposé liminaire prononcé, d'autres se révèlent d'incorrigibles bavards ayant un avis tranché, quel que soit le thème débattu. Les meilleurs, ceux qui réfléchissent avant de parler, sortent vite du lot.

Comme tu aimes le dire, « les philosophes de l'Attique réfléchissent à l'infini sur le beau, le vrai, le bon, la vertu. Nous, les géographes du Grenier, nous occupons de calculer la hauteur exacte de l'Etna, de préciser le régime des vents dans le détroit entre la Sicile et la Grande Grèce, de définir le régime des courants aux Baléares, d'améliorer la forme de la voile latine. Eux recherchent des universaux, nous établissons des faits ». Et parfois tu ajoutes avec emphase : « Nous nous réunissons sous un grenier, parce que chacune de nos discussions est une graine et donnera un épi prometteur. »

Dans ces débats, Archélaos manifeste talent et intelligence. Ce grand échalas timide au regard doux, héritier d'une des plus grosses fortunes massaliotes, n'a pas quarante ans et n'a jamais vraiment navigué, mais sa rigueur et sa curiosité sans limites te séduisent. À la surprise de tous, il s'est opposé à toi lors d'une soirée mémorable. Tu racontais que parvenu à l'extrémité du pays de l'ambre, tu avais découvert l'estuaire d'un grand fleuve, et que ce fleuve, comme te l'ont expliqué les habitants du lieu, devait communiquer selon toute vraisemblance avec le Tanaïs qui se jette dans le Pont-Euxin. Il a objecté :

« Tu ne peux pas affirmer qu'un même fleuve a deux embouchures…

– Euthymènes l'a bien dit pour le Nil : une bouche en Méditerranée, l'autre dans l'océan !

– Mais ni lui ni toi ne l'avez constaté par vous-même. Ces assertions sont des hypothèses, non des certitudes. Elles sont sans doute vraies, mais nous ne pouvons pas pour l'instant les tenir pour telles. Imagine un voyageur venu de Thulé qui verrait l'embouchure du Rhône, puis celle du Pô. Il conclurait peut-être qu'un seul fleuve se partage en deux. Mais il ne l'établirait pas tant qu'il n'aurait pas remonté par lui-même jusqu'aux sources, et constaté son erreur. »

Ce freluquet ose dans la même critique s'en prendre à Euthymènes et à toi ? Mais le raisonnement est imparable et tu t'inclines. Ceux qui pensaient que tu maudirais l'insolent ont été bien surpris de te voir l'encourager à donner son opinion, puis lui demander de présider lorsque tu dois t'absenter. Il s'exprime avec une autorité naturelle, prend des notes, règle pour toi mille détails d'organisation. Et l'expression qu'il a improvisée dans le feu de la discussion a fait florès et été reprise maintes fois : « si un voyageur venu de Thulé »... Cette formule prudente permet d'introduire une proposition bizarre ou de remettre en cause des certitudes trop assises et se révèle souvent féconde. À chaque fois que tu l'entends désormais, tu échanges avec Archélaos un sourire de connivence. Mais toi seul sais quels paysages reviennent alors dans tes souvenirs.

Tu n'imagines pas que le Grenier s'interrompe à ta disparition, et chacun comprend que tu formes ton successeur. Oui, tout ce savoir mis en mots doit perdurer bien au-delà de toi qui racontes ton histoire. Et tu prends conscience des limites de ton effort. Combien seront-ils, à avoir été instruits dans ce cénacle ? Quelques dizaines, au mieux, si tu vis très longtemps, quelques centaines. Tu ne peux pas confier la survie de Thulé à des légataires aussi peu nombreux. Tu ambitionnes une postérité infinie, pour que jamais tes explorations ne soient oubliées.

Ce sont les livres qui comptent. Tu en possèdes quelques-uns. À ta demande, Archélaos fait une recension de ceux qui appartiennent à la ville et traitent plus ou moins de voyages ou de géographie. Le butin est maigre, et comporte des textes de haute fantaisie. Ceux qui voudraient s'instruire en consultant de tels manuscrits seraient déçus. Tu repenses à Anaximène, s'épuisant à chercher partout des sources pour son histoire de Massalia, perdue comme lui dans ce funeste naufrage.

Tes réflexions convergent sur une certitude : tu dois écrire ce que tu sais sur l'océan.

Durant trois automnes et trois hivers, tu t'adonnes à cette seule mission. Enfermé de longues heures dans ta maison, sur une table où tu as posé ce caillou rapporté de Thulé – cette pierre noire dans laquelle les mousses avaient cru voir un trésor ; à tes yeux la seule preuve concrète que tu n'as pas rêvé –, tu écris :

« *Permets, ô Poséidon le très puissant, que je parle aux hommes de l'océan sur lequel tu règnes…* »

Les notes que tu as prises depuis quinze ans sont bien rangées, et te permettent de retrouver les précisions dont tu as besoin. Car tu veux tout décrire de cet univers que tu arpentes depuis longtemps. C'est bien un traité qu'il s'agit d'écrire, une somme qui dira tout ce que tu sais. Le titre est évident, sobre comme toi : *De l'océan*.

Dans un livre premier, tu racontes tes différents voyages au-delà des colonnes d'Hercule. Le lecteur est ainsi rassuré sur ta légitimité. Et quand il ouvrira d'autres ouvrages rédigés par des scoliastes qui n'ont jamais quitté leur ville natale… Eh bien, il constatera la différence !

Le deuxième livre est consacré aux différents phénomènes que tu as observés, et notamment la marée. Tu as consigné des données dans tous les ports, établi des constantes et l'alternance entre vives eaux et mortes eaux, remarqué le lien avec la Lune sans pouvoir expliquer ou prédire les horaires, écouté les pêcheurs qui savent en tirer parti. Tu mets en garde contre les courants de marée et contre le mascaret, ce conflit entre l'océan qui monte et le fleuve qui descend. Tu as noté les différences de marnage entre les différents ports, et formules diverses hypothèses pour leur donner du sens.

Le troisième livre est plus abstrait, tu y consignes le résultat de tes recherches en astronomie, tu questionnes la taille et la forme de la Terre, la position du Soleil, la distance de la Lune.

En t'inspirant largement de ce que tu as appris à Athènes, et sans faire œuvre révolutionnaire, tu exposes des résultats et des compléments, précieux parce que acquis ou vérifiés dans des contrées où nul autre n'était venu avant toi. Tu calcules avec une précision inégalée l'obliquité de l'écliptique, et définis avec rigueur les zones qui connaissent le soleil de minuit. Tu démontres qu'il y a un point fixe au sommet du globe, et un autre à son exact opposé. Puisqu'on nomme Arctique ces pays du Nord, tu baptises Antarctique son antipode.

Le quatrième livre évoque les terres du Nord, l'Autre Bretagne, les archipels du Septentrion, Thulé et les mers au nord de l'Europe. Tu donnes, sur ces extrémités du monde, toutes les informations possibles. Tu réfléchis sur la mer gelée, sur le froid qui augmente, sur ce qu'il y a peut-être plus loin. Comme un défi pour les générations suivantes, tu notes aussi ce que tu ne sais pas : pourquoi les tempêtes viennent toujours de l'ouest, où vivent les licornes, comment contourner l'Europe par le nord, à quoi ressemblent les pôles, de quoi sont faites ces lueurs irisées des nuits boréales.

Le cinquième et dernier livre est purement descriptif. Selon un plan immuable, tu notes pour chaque port ou chaque mouillage que tu as pratiqué toutes les indications possibles : la latitude, les amers, les dangers, la marée, les courants, les populations avoisinantes, leur langue, leurs coutumes, leur mentalité, les biens qu'on peut leur acheter ou leur vendre. Les distances entre ces différentes escales sont précisées. Parfois une anecdote vécue vient illustrer ton propos.

Cet ouvrage est sans précédent, le Massaliote ! Pour la première fois, la description du monde ne repose pas sur les commentaires de commentaires de récits de voyageurs, mais sur la chronique de tes naviguations. La géographie n'est plus spéculative ou romancée, elle n'obéit ni aux dieux ni aux puissants, elle devient une science expérimentale. Elle se fonde sur ce que tu as vu, de tes yeux vu. Cette avancée que tu réalises sans y penser restera sans postérité jusqu'à l'âge des Lumières et des grandes découvertes.

En certaines occasions, lorsque l'information qui te manque te vient d'un confrère en qui tu as confiance, tu le mentionnes. Mais jamais tu ne te fies à des inconnus ou à des ouvrages antérieurs. Avec rigueur, avec obstination, la forme du monde se précise, grâce à toi.

Et c'est lorsque tu mets la dernière main à ton texte que pour moi tu deviens immortel. Jusqu'alors, tu m'intéressais, mais comme un simple marin aventureux. Maintenant, tu entres de plain-pied dans l'histoire de la science et des hommes.

À quoi ressembles-tu, en ce jour où tu achèves ton traité ?

Le palais de la Bourse à Marseille, inauguré en 1860, est orné de statues de Marseillais célèbres. Comme Euthymènes, tu y figures dans une niche entourée de colonnes corinthiennes. La main gauche posée sur la verge d'une ancre, la main droite noblement tendue pour indiquer la direction du nord, tu es vêtu d'une toge plissée recouverte d'un mantelet. La tête ronde, les cheveux courts, la barbe bien taillée, tu regardes droit devant toi avec détermination. Ton visage est sévère, et la pose noble. L'ensemble évoque d'ailleurs plus Rome que la Grèce.

Nul ne te contemple, jamais. Et si par hasard tu accroches l'œil d'un passant désœuvré, au mieux il s'interrogera sur ce que représente cette allégorie – la force, la ténacité, la victoire sur le mal de mer ? – et t'oubliera aussitôt.

Perdue au-dessus de la circulation automobile, ta représentation en pierre ne parle plus. Rien de plus muet qu'une statue dont la légende s'est perdue.

Cette œuvre d'Auguste Ottin, prix de Rome et participant de la première exposition des Impressionnistes, en dit plus sur les négociants de Marseille au XIXe siècle que sur toi. Mais qu'importe ! C'est avec ce visage-là – pour lequel le sculpteur a fait poser son beau-frère, ou un garde-chasse, ou un modèle rémunéré d'académie – que je te vois désormais.

Tu entres dans l'éternité, et il me plaît que ce soit avec aussi fière allure.

24

Le hasard, ce grand malicieux, bouscule parfois nos vies comme il bouscule ce récit. Aujourd'hui, il me fait découvrir un poème de Joachim du Bellay, qui commence ainsi :

Comme le marinier, que le cruel orage
A longtemps agité dessus la haute mer,
Ayant finalement à force de ramer
Garanti son vaisseau du danger du naufrage,

Regarde sur le port, sans plus craindre la rage
Des vagues ni des vents, les ondes écumer ;
Et quelqu'autre bien loin, au danger d'abîmer,
En vain tendre les mains vers le front du rivage…

Tu as éprouvé ces sentiments, le Massaliote. Tu as été l'homme qui regarde la tempête depuis la terre et celui qui l'affronte en pleine mer. Et cette évidence m'ouvre une nouvelle porte.

Dans cette histoire d'aventure et de transmission, il faut distribuer tous les rôles : un rêveur qui a l'idée ; un armateur qui risque son navire ; un capitaine pour diriger l'expédition ;

un pilote expérimenté pour aider dans les décisions délicates ; un scribe pour consigner la navigation au jour le jour ; un savant pour réaliser les observations, notamment astronomiques, et les calculs ; un écrivain, pour raconter.

As-tu fait tout cela à la fois ? Quels talents multiples ! Ou l'une de ces missions seulement, et si oui laquelle ? Il ne me déplairait pas que tu aies été l'écrivain, seulement l'écrivain : celui qui n'a jamais quitté le confort de sa maison et de ses habitudes, et qui, après le retour des voyageurs, les a fait parler, a mis avec art ses mots sur leurs surprises et leurs émotions. Admirant leur aventure, aspirant à l'éternité pour toi autant que pour eux, tu aurais choisi d'en être le héraut. Pendant plusieurs semaines, que dis-je, plusieurs mois, le capitaine, à grand renfort de pichets de vin, serait venu se remémorer, te raconter ce qu'il a vu ou deviné, parfois se taire. Et à partir de cette longue confession en désordre, avec toutes les ressources de la rhétorique et des mathématiques que tu as apprises dans ta jeunesse, épicées d'un rien d'inventions si nécessaire, tu aurais composé ton traité. La tradition ensuite aurait tout mélangé et t'aurait attribué le mérite des découvertes, au prix de ta modestie et de la vérité…

Voyage décidé par Pythéas ? Financé par Pythéas ? Effectué par Pythéas ? Raconté par Pythéas ? Comment savoir…

Un siècle plus tôt à Athènes, Socrate refondait toute la philosophie, mais n'a rien consigné par écrit. Seuls les dialogues rédigés par Platon ont permis à sa pensée de franchir les siècles. Les érudits se demandent encore si Platon notait sous la dictée, se souvenait de son mieux, réinventait ce qu'il croyait avoir compris, voire mettait sans scrupule dans la bouche de Socrate ce qu'il n'osait pas dire pour son propre compte. Socrate et Platon sont inséparables pour l'éternité.

De même tous les Pythéas nécessaires et possibles se confondent en un nom unique, le tien.

Peu importe. Je vois surtout les Muses penchées au-dessus de ta table de travail : Uranie pour l'astronomie ; Clio pour l'Histoire ; Calliope pour la poésie épique ; Polymnie pour la rhétorique.

Parmi les neuf filles de Zeus dont la tradition a retenu le nom et le domaine, il n'y a point de muse pour la géographie. Car cette science naît de la volonté des hommes, non des dieux. Elle ne procède pas d'une révélation, mais d'une patiente conquête.

Les dieux savent tout depuis toujours. Les explorateurs cherchent à dévoiler des vérités avant eux hors d'atteinte.

Les dieux se reposent. Par de longs efforts, les géographes s'approprient la connaissance de leur terrain de jeux.

Prométhée leur a volé le feu. Fragment par fragment, vous leur arrachez la carte du monde.

25

Les deux meilleurs copistes de Massalia travaillent à ton usage exclusif et sous ton étroit contrôle pendant six mois. Ils produisent cinquante exemplaires de ton traité, exempts de toute faute. Tu en offres un aux consuls, un à ton frère, un à Archélaos, et tu en lis quelques extraits unanimement admirés aux réunions du Grenier. Assez vite, les demandes affluent, de tes compatriotes d'abord, puis de Sicile, d'Athènes, d'Asie Mineure, de Naucratis… Ton nom se répand au-delà du petit cercle des géographes et des capitaines. Des versions non autorisées, résumées, amputées, déformées, apparaissent. L'engouement du public est général, et moins d'un an après la parution tu fais réaliser d'autres exemplaires pour répondre à la demande. Critias est stupéfait de constater qu'un livre peut être une affaire rentable.

Si tes calculs de physique et d'astronomie dépassent les compétences de la plupart de tes lecteurs, le récit de tes voyages et ta recension des ports et mouillages suscitent admiration, intérêt et discussions. Tu reçois des lettres, et des visites. Certains te félicitent, et malgré ton dédain affiché tu en conçois à chaque fois un vif plaisir. D'autres te posent des questions, te demandent une précision, t'apportent un élément ou te soumettent leurs réflexions. Ces échanges te nourrissent, et parfois t'amènent à reformuler une observation. Le texte de ton traité évolue et s'améliore en permanence.

Durant toute l'Antiquité, tu seras étudié, commenté, critiqué, débattu. Les plus grands – Ératosthène, l'inventeur du mot géographie, Diodore de Sicile, Hipparque… – citent avec admiration ton nom et ton œuvre. Tes travaux ont été féconds jusqu'à l'effondrement de l'Empire romain.

Après une réunion du Grenier, à la pleine lune qui suit la nouvelle année, un ami te prend à part et t'apprend ce que tout le monde sait depuis plusieurs semaines, et dont certains se délectent : un petit libelle anonyme circule discrètement et t'attaque. Tout y passe, ton goût pour les discours grandiloquents, l'académie que tu as fondée pour asseoir ta renommée, ton traité qui ne serait qu'une compilation de racontars et de redites, et surtout la réalité même de tes voyages.

Non sans mal, tu parviens à en trouver un exemplaire.

« *Permets, ô Poséidon le très puissant, à une modeste ortie qui pousse au nord de ton temple d'Éphèse, que je parle aux hommes d'un navigateur massaliote…* »

Ce texte hélas est plutôt bien écrit, parfois drôle, habile dans les insinuations et les sous-entendus. À l'évidence, il n'a pas été écrit à Éphèse : l'auteur connaît trop bien ta ville, ta famille, ton histoire. Selon ce pamphlet, tu n'as pas dépassé les Baléares, et tu as grassement payé tes marins pour qu'ils confirment tes récits. Alors que tu étais installé à demeure à la terrasse d'une taverne, les brumes de l'ivresse t'ont fait prendre des lanternes pour des tentures vertes et indigo emplissant le ciel nocturne, et un simple îlot dans la baie pour une île immense que tu as baptisée Thulé. Quant à la mer gelée, elle n'est que l'horizon de ton mal de crâne. Le but de cette mystification ? Servir ton orgueil démesuré, alimenter un désir de revanche sur ton frère aîné, et à terme te faire élire consul-en-premier. Et l'ortie de conclure : « *Les Massaliotes ont la réputation d'exagérer, et leurs marins ne sont pas les plus mauvais dans cet art. Ulysse-le-rusé est un enfant auprès d'eux. Mais je dois reconnaître, ô le très grand navigateur, qu'en cette matière tu as su dépasser toutes les limites connues !* »

De la première à la dernière phrase, tout te blesse, tout t'indigne. Mais seule la mise en cause de la réalité de tes voyages te fait bouillir de rage. Plus de soixante marins, tous choisis parmi les meilleurs, ont participé à l'un ou à l'autre. Eux aussi sont insultés par ricochet. Il suffit de les interroger, de confronter leurs témoignages avec ton récit pour vérifier son authenticité. Mais les ragots, les rumeurs de bas étage, les sous-entendus susurrés à voix basse ne se soucient pas de la vérité. La jouissance de la médisance se repaît de son propre écho. La bonne foi est un bouclier illusoire et percé.

Au terme d'une longue promenade solitaire où ta colère ne s'est pas apaisée, tu te rends chez Critias. Il connaissait cette brochure, mais voulait t'en protéger – il t'apprend d'ailleurs que certaines mauvaises langues lui en attribuent la paternité. Il te conseille de ne pas trop t'en préoccuper : dans deux mois, tout le monde l'aura oubliée. Mais quoi ? Il faudrait laisser cette bave se répandre sans réagir pendant tout ce temps ? Tu veux en appeler aux consuls et la faire interdire. Ton frère argumente longuement contre cette stratégie, qui donnera à l'ortie d'Éphèse une audience et une importance inespérées. Peu importe, tu es l'offensé et tu veux une réparation publique.

En trois nuits, tu bâtis un mémoire solidement argumenté, et tu saisis les autorités. Huit mois plus tard, ta demande est sèchement rejetée, pour d'obscures raisons juridiques et notamment parce que ton nom ne figure nulle part dans le texte incriminé. Et tu constates avec amertume que Critias avait raison : cette procédure alimente toutes les conversations et tous les ricanements ; la mauvaise plaisanterie est devenue une affaire sérieuse ; la ville se partage en deux camps ; l'inoffensif feu de broussailles est devenu un véritable incendie. Même lors des séances du Grenier, tu crois découvrir dans chaque intervention une allusion, compatissante ou ironique, qui te chagrine dans les deux cas. La polémique finit par s'apaiser. Par ta faute, elle a duré près de deux années, et non les deux mois qu'elle méritait.

Jusqu'à ton dernier jour, tu essaieras de découvrir qui est l'auteur du pamphlet. Malgré tous tes efforts, les questions posées, l'argent promis, l'analyse minutieuse du texte, tu es ballotté de fausses pistes en révélations mensongères, et tu n'obtiendras jamais de certitudes.

Le venin instillé par l'ortie d'Éphèse n'a ensuite jamais cessé. Strabon, Polybe, Pline l'Ancien, Tacite, sans quitter le confort de leurs maisons s'y sont laissé prendre et ont raillé tes aventures. Rien n'est jamais venu confirmer tes dires, tes voyages n'ont pas été répétés, et ce que tu as découvert n'était pas compatible avec leur vision du monde. Quelles preuves pouvais-tu apporter au tribunal des sciences ?

26

Une nouvelle puissance se lève à l'Est. Athènes demeure la capitale intellectuelle et la plus grande ville du monde grec, mais sa puissance politique a dépassé son zénith. Alexandre, fils de Philippe de Macédoine, a stupéfié le monde en écrasant les armées de Darius III à la bataille de Gaugamèles. Depuis, il étend son royaume dans toutes les directions et à toute vitesse. Ce bouleversement doit être pris en compte. Une ambassade de Massalia auprès de ce prince permettra de connaître ses intentions, de nouer des liens et de devancer les concurrents.

Les usages ancestraux interdisent au consul-en-premier de quitter la ville. Ce sera donc au consul-en-deuxième, en charge des affaires extérieures, de mener la délégation. Et il te fait demander de l'accompagner. Lorsque Critias te transmet son souhait, tu lui réponds vertement :

« Je n'ai aucune envie de perdre plusieurs mois pour aller supplier je ne sais quel autocrate oriental, ce demi-Barbare qui exige qu'on lui rende un culte sous le nom de Dieu invaincu ! Le dernier roi à qui j'ai adressé la parole, c'était Beodulf et tu sais comment il a fini. Je n'ai ni l'expérience ni le tempérament d'un diplomate. Si le consul-en-deuxième veut que je l'accompagne, ce n'est pas pour le conseiller ou l'assister dans ses affaires, mais pour m'exhiber, comme il le ferait d'un éléphant à deux têtes ou d'une danseuse acrobatique avec ses grelots : le Massaliote qui a écrit un livre… Et tu souris ?

– Je souris parce que tout ce que tu dis est exact. Mais le frère du consul-en-troisième peut-il refuser une sollicitation du consul-en-deuxième ?

– Tu sais qu'il a pris le Gueulard comme capitaine. Il y a quelque temps, tu ne voulais pas que nous naviguions ensemble…

– La Méditerranée en plein été, ce n'est pas la même chose. Et ce n'est pas moi qui arme le navire… Tiens-toi prêt, le départ est à la prochaine pleine lune. »

Tu formules une seule demande, que Kaspers t'accompagne. Sa haute taille et, qui sait, sa connaissance des langues bretonnes pourront t'être utiles.

Le statut de passager amuse beaucoup Kaspers. Lorsqu'il se présente ivre à l'appareillage, il échappe au fouet du maître d'équipage et est seulement consigné sur sa paillasse dans l'entrepont. Il connaît la plupart des matelots et les apostrophe volontiers, ou, narquois, leur prodigue des conseils qu'ils n'ont pas demandés. Le soir, il chante avec eux. Quand il s'ennuie, il monte dans la mâture et contemple l'horizon. Et lorsqu'un fort coup de vent vous surprend par le travers de la Sicile, le coup de main qu'il donne est apprécié par tous.

Le consul-en-deuxième, mal à l'aise en mer alors qu'il a pourtant navigué dans sa jeunesse, reste cloîtré dans sa cabine. Cet homme replet, circonspect, méfiant, vaniteux, apprécie les honneurs et la déférence un rien exagérée que tu lui manifestes. Il n'a pas lu ton traité et n'est pas curieux de tes voyages.

Toujours maussade, il ne te confie rien de ce qu'il compte dire à Alexandre ou de ce qu'il attend de toi. La mission, dans l'ombre de cet égoïste, promet d'être ennuyeuse. Au moins pourras-tu au hasard des jours découvrir l'Asie Mineure et les coulisses d'un empire.

Un matin, une semaine avant l'arrivée, le Gueulard vient te chercher, et malgré son surnom te murmure de le suivre. Le consul-en-deuxième gît dans son lit, sans vie, le visage serein. Tu examines rapidement le corps, sans trouver d'explication. Tu contresignes l'acte de décès établi par le capitaine, et après une brève cérémonie la dépouille est confiée aux flots. Au soir le Gueulard remarque mi-figue mi-raisin : « Te voilà promu ambassadeur, et ton frère consul-en-deuxième… »

Dans le calme de la cabine d'honneur, tu ouvres tous les documents que le défunt gardait jalousement près de lui. Les quelques indications qu'ils comportent ne remplacent pas les consignes les plus importantes, qui furent données oralement. Il te faudra te débrouiller comme tu peux, alors que tu dois rencontrer le roi le plus puissant de la Terre…

Le Gueulard vous amène sans autre encombre à Phocée. Tu te fais reconnaître des autorités de la ville dont sont partis les fondateurs de Massalia. Selon l'usage, une cérémonie au temple de Poséidon est organisée. Avec politesse, tu ne prétends pas au premier rang et restes en retrait. Ta modestie est appréciée, autant que les cadeaux que tu laisses aux prêtres.

Cette formalité accomplie, tu expliques ton but aux magistrats de Phocée : rejoindre au plus vite Alexandre en sa capitale. On t'objecte mille difficultés, la chaleur, la poussière, les pillards, l'incertitude sur la résidence du Macédonien toujours en mouvement, son attitude imprévisible envers les villes portuaires, son entourage corrompu, son protocole de plus en plus oriental. Il te faudra des chevaux, des chameaux, des gardes, des esclaves, des porteurs, et qui sait pour combien de semaines… Tu négocies patiemment ce dont tu as vraiment besoin.

Les caravaniers défilent, les sergents, les marchands de toutes sortes de produits, les traducteurs, les rebouteux, les cuisiniers, les intermédiaires aux talents imprécis. En somme, tu constitues un équipage.

Pendant la durée de ta mission, pas question que le navire que Massalia t'a confié reste, inutile, à quai, et les marins dans les tavernes. Avant de t'enfoncer dans l'intérieur des terres, tu donnes tes consignes au Gueulard. Tu lui remets une somme conséquente afin qu'il mette à la voile vers le Pont-Euxin et acquière des bois et des fourrures. Il s'engage à être de retour à Phocée dans deux mois. Comme il touchera un bon pourcentage sur les bénéfices, tu lui laisses le choix de vendre au mieux sa cargaison au Pirée, ou ailleurs, ou de la ramener à Massalia.

Dès la porte de ton auberge, tu dois faire face aux innombrables solliciteurs qui bourdonnent autour d'une caravane en préparation pour s'y faire une place et bénéficier de sa protection, ou pour tenter de s'y imposer en invoquant des difficultés qu'ils seraient les seuls à pouvoir résoudre. Chameaux malades, tentes déchirées, maréchaux-ferrants absents, tarifs multipliés, mauvais présages aux autels des dieux… Les notables de Phocée te regardent te débattre dans ce milieu que tu connais mal, s'amusent de tes faux pas et parfois te donnent un conseil dont tu ne sais s'il est une aide ou un piège.

Alors que tu t'échines à régler ces questions logistiques qui semblent ne jamais avoir de fin, le maître du port vient t'informer : un des matelots massaliotes a été arrêté et jeté en prison. Comme tu le renvoies sèchement sur le Gueulard, responsable de l'équipage, il te répond avec un sourire faux qu'il s'est d'abord adressé à lui, mais que ce matelot avec un accent bizarre ne relève pas du capitaine. Du coup, tu interromps tes discussions et descends avec lui vers les quais. Chemin faisant, tu te fais expliquer ce qui s'est passé.

La veille au soir dans un bordel, Kaspers déjà bien soûl a cru constater un vol. Après avoir injurié tout le monde et réclamé les pièces manquantes, il a distribué des gifles, détruit le mobilier, s'est battu avec le patron puis avec la garde portuaire appelée en renfort, blessant l'un des soldats. Garrotté et porté sans ménagement dans la geôle municipale, il y a dormi comme un bébé et au réveil ne se souvient plus de rien.

Face à de pareils débordements, en outre commis par un étranger, les lois de Phocée prévoient un procès, long et sévère. Tu exprimes des regrets et le souhait de trouver un arrangement rapide et discret. Tu payes pour les dégâts dans le bordel, tu payes pour les coups échangés, tu payes pour le soldat blessé, tu graisses la patte du maître du port, et tu récupères Kaspers, que tu ramènes à bord, avec ordre de se faire oublier jusqu'à votre départ. Quant aux frais, ils seront bien sûr déduits de sa solde.

Enfin, car il faut bien partir un jour, tu décrètes que les atermoiements n'ont que trop duré et tu fixes la date du départ. Comme le monde de la mer est plus simple que cet univers où rien n'est jamais durablement établi ! À ta grande surprise, les choses se mettent à peu près en place, et tu peux quitter la côte au jour dit.

Le rythme de la caravane est bien différent de celui de la navigation, et bien moins rapide. Tu découvres les odeurs de sueur et de cuir qui se faufilent partout, l'inconfort du chameau relayant la fatigue de la marche, la soif toujours présente, les détails et les conflits incessants qu'il te faut – quel ennui ! – régler.

Pendant trois jours vous parcourez un pays de vignes et de vergers, peu différent de ta terre natale. Puis, ayant remonté un fleuve côtier jusqu'à sa source, la piste s'élève progressivement vers une haute plaine aride, des étendues de sable et de cailloux sous un soleil accablant. De loin en loin, des peupliers marquent la présence dans un repli de terrain d'un misérable hameau. Le vent fouette les visages et lève des tourbillons de sable. À l'étape, des chevriers viennent vendre leurs bêtes. Les bandits et les pillards contre lesquels les Phocéens t'ont alerté ne se montrent pas, mais tu établis néanmoins une veille armée pour les nuits. Et tu te méfies bien davantage de tous ces inconnus qui composent votre équipée.

Alexandre est à Suse. Non, Alexandre est à Babylone, ou plutôt à Issos, ou en Bactriane, à moins que ce ne soit à Ecbatane. Tu pars donc vers l'est, en espérant qu'au fil des jours les informations se préciseront. Les paysages monotones se succèdent – plateaux, raidillons, vallées closes, cols ponctués de névés, éboulis, lacs perchés –, les arbres se raréfient. Et lorsque tu demandes combien de jours encore va durer cette traversée, les opinions divergent déraisonnablement.

Tu as pris l'habitude de dormir non sous la tente, mais près du feu, sous le regard des étoiles. Le froid glacial des petits matins en altitude réveille une douleur sourde dans le petit doigt et l'annulaire de ta main droite.

27

Laissant derrière elle les hauteurs des montagnes du Taurus, la caravane redescend, toujours aussi lentement à ton goût, en longeant une rivière vers la vallée de l'Euphrate. Un représentant du satrape t'accueille avec déférence, et te confirme ta destination. C'est à Babylone qu'Alexandre, qui guerroie en Margiane, va prendre quelque repos et s'occuper des affaires de l'empire. Un piquet d'honneur d'une dizaine de cavaliers vous accompagne désormais, pour vous protéger tout autant que pour vous surveiller.

Après les caillasses, les rochers, le vent, les rives du fleuve apparaissent comme une récréation, avec leurs cultures irriguées éclatantes de couleurs et leurs villages accueillants, et des enfants qui accourent vers vous en chantant. L'officier qui commande le détachement a guerroyé dans les armées d'Alexandre et atteint les mers chaudes qui s'étendent au-delà de la Gédrosie. Au rythme paisible de la chevauchée, il te raconte la chaleur accablante, les vents de sable sur d'immenses marécages putrides, l'étonnement devant les marées, la forme étrange des bateaux et des barques, les dangereux lézards géants qui vivent dans les estuaires… S'il ne connaît rien au monde maritime, ses descriptions précises regorgent de petites informations. Et qu'y a-t-il au-delà de ces mers brûlantes ? Il n'en sait rien. Sans doute ne les verras-tu pas, l'horizon se dérobe au rythme de ta progression. Aucun homme ne peut parcourir l'intégralité des mers, il te faut l'accepter. Y a-t-il autant de diversité entre elles qu'entre les hommes ?

La ville et la cour d'Alexandre sont encombrées de toutes sortes de délégués, d'ambassadeurs, d'espions, de légats, de généraux, de dignitaires venus des quatre coins de la Terre. Le connétable du palais t'assigne un étage dans une auberge hors de la deuxième enceinte. D'autres sont logés plus près, mais tu ne protestes pas. Quant à l'audience avec Alexandre, et malgré les gratifications que tu distribues, impossible d'avoir une réponse claire. Le roi est avec ses armées en campagne, les dieux seuls savent quand il rentrera.

Chaque jour pourtant, il te faut te rendre au palais, saluer les principaux ministres et tes collègues représentant d'autres villes et royaumes. On s'observe, on se fait signe, on se jauge, on chuchote, on intrigue, on médit, on s'ennuie. Carthage, Athènes, Néapolis, Sybaris mènent grand train. L'Égypte les surclasse toutes par son faste. Les îles grecques par contraste font étalage de leur sobriété. Les sommes allouées par Massalia comme ton goût personnel t'amènent plutôt à fréquenter ces puissances moyennes.

L'exarque de Milet se nomme Perdicas. Ce nom réveille en toi un écho que tu croyais enfoui. Tu manœuvres pour te rapprocher de lui et, après quelques banalités, tu ajoutes comme sans y penser :

« Lorsque je faisais mes études à Athènes, j'avais un ami, originaire de Milet, qui s'appelait Prodicos. Sais-tu ce qu'il est devenu ?

– Prodicos… S'il n'était pas mort il y a vingt ans, il serait sans doute ici et à ma place.

– Que lui est-il arrivé ?

– La volonté des dieux… Une chute de cheval. »

Cette triste nouvelle te plonge dans une légère mélancolie, où le temps enfui de la jeunesse pèse autant que le souvenir du disparu.

Au retour d'une demande d'audience aussi vaine que les précédentes, alors que tu vas de la première à la deuxième enceinte, Kaspers te bouscule violemment et te fait tomber, il bascule sur toi, un autre homme aussi. Dans la confusion tu ne comprends rien, des cris retentissent, tu vois du sang, du sang sur tes vêtements, du sang sur tes mains, tout le monde se précipite.

Un officier de la garde t'aide à te relever, Kaspers gît au sol, une blessure béante sous l'épaule droite, un homme maigre est fermement retenu. Des soldats accourent. Dans le brouhaha, tu comprends que tu as manqué te faire poignarder, que le Breton s'est interposé, a pu dévier la dague mais non le stylet. Il gémit et perd connaissance.

L'officier fait entraver l'assassin et hurle des ordres dans tous les sens. Tu lui enjoins de faire donner les meilleurs soins à Kaspers. Lorsqu'il te répond « oui, on va s'occuper de ton esclave », tu l'attrapes par le col et rectifies : « Cet homme courageux n'est pas mon esclave, mais mon ami. Soigne-le comme je l'aurais été si le sicaire avait atteint son but ! »

Il est aussitôt transporté dans une infirmerie et allongé sur une table. Son gilet de cuir a un peu ralenti la lame. Des aides découpent les vêtements, un médecin s'active à nettoyer la plaie. Kaspers qui n'a pas repris conscience transpire beaucoup, bien plus pâle que d'habitude.

Sur le haut de sa cuisse gauche, tu remarques un tatouage complexe. En suivant du regard ses méandres, tu prends conscience que tu ne sais presque rien de lui. Il navigue avec toi depuis une douzaine d'années, mais tu ignores ce qu'il pense vraiment. Hormis cette façade d'un grand gaillard souriant, cette voix qui parle grec avec un fort accent, quel est cet homme qui te voue une absolue fidélité ?

Tu lui prends la main et murmures : « Tiens bon, Holftkawsperth ! »

Il te semble ressentir une pression de ses doigts, soit réponse, soit réflexe. Le médecin fait couler une potion et l'étale tout autour de la plaie, puis y ajoute un onguent. Il t'annonce que le cœur n'a pas été touché. Les aides commencent à préparer un mélange d'herbes et d'épices ainsi qu'un bandage. Des propos vaguement rassurants te sont prodigués, et tu comprends qu'il vaut mieux te retirer. Tu te précipites alors chez le connétable du palais, dont tu forces la porte pour l'informer de l'attentat. Le scandale est retentissant.

L'assassin, torturé avec un raffinement tout oriental, se met à parler. Il raconte que les Carthaginois ont voulu empêcher l'ambassade des Massaliotes. Une autre équipe a placé du vin empoisonné dans la cabine du consul-en-deuxième. Et lui aurait réussi son coup si le matelot blond n'avait pas surpris l'éclat de la lame et anticipé son geste.

Comment pourrait-il être au courant de la mort du consul-en-deuxième, s'il ne participe pas d'un projet plus global ? Et pour quelle autre raison aurait-il tenté d'assassiner le délégué de Massalia ?

L'ambassadeur de Carthage, un grand vieillard toujours enveloppé dans mille étoffes chatoyantes, est aussitôt convoqué. Il écoute les éléments qu'on lui rapporte, et, dans un grec cérémonieux, répond avec flegme :

« Attenter à la vie d'un ambassadeur est un acte impie, doublement impie : envers la mission dont il est chargé comme envers les lois sacrées de l'hospitalité. Je ne sais rien de cette affaire. Je ne veux pas souiller mes oreilles à entendre ce que pleurniche ce bâtard stipendié ni mes lèvres à y répondre. Il ne suffit pas de dire : c'était à Mégara, dans les faubourgs de Carthage... pour apporter une preuve. Quant à la mort en mer du consul chef de délégation, bien regrettable certes, elle n'est pas un secret d'État, et qui peut dire aujourd'hui quelle en fut la cause ? »

Cette remarque fait forte impression. Tu te contrains à ne pas l'interrompre.

« D'ailleurs, si vous laissiez mes gens interroger ce misérable, il avouerait assez vite avoir été payé par un armateur de Massalia jaloux de la réussite de mon jeune collègue et de son frère, ou toute autre fable qu'il vous plairait d'entendre. »

Il toussote, et ajoute un ton en dessous :

« En outre, si nous avions ourdi pareil complot, nous n'aurions pas été assez stupides pour le nouer sur nos propres terres. Égorgez donc ce chien. »

Ce qui est fait dans l'heure. Ce châtiment rapide clôt l'enquête.

28

Si tu ne peux établir avec certitude l'implication de Carthage dans l'attentat, tu jouis désormais de la considération que l'on porte aux victimes, surtout quand avec l'aide des dieux elles ont échappé au pire. Polémiquer davantage avec ton collègue ne t'apporterait rien. Même si Kaspers, qui n'est rien, devait mourir.

Désormais, une escorte armée t'accompagne partout, car le connétable du palais ne veut prendre aucun risque. Ton prestige y gagne ce que ta liberté y perd, même si tu tiens plus à celle-ci qu'à celui-là.

Chaque jour, on t'annonce comme imminent le retour d'Alexandre. Certains osent même murmurer que le Grand Roi est déjà rentré discrètement et se ménage une semaine de repos avant de reprendre les rênes du pouvoir. Chaque jour, des unités constituées font leur retour triomphal et portent au pied des autels des offrandes issues du butin pris sur l'ennemi.

Kaspers se remet doucement. Tu viens à son chevet tous les matins, il bavarde un moment, mange pour te rassurer, écoute d'une oreille distraite, mais se fatigue vite.

Arrive enfin le jour de la réception officielle de l'ambassade massaliote. Tous les dignitaires et chefs de délégation, même le Carthaginois, sont présents dans la salle d'honneur, dont les colonnes et le plafond, en cèdre du Liban, exhalent une odeur subtile. De lourdes tentures suspendues aux poutres assombrissent la lumière qui entre par d'étroites fenêtres et que relaient des candélabres. Une corne de licorne, plus grande que celle que Beodulf t'a offerte, est exposée sur un haut socle d'argent martelé, encadrée par des défenses d'éléphant. Des esclaves invisibles font se mouvoir des panneaux de palmes tressées pour renouveler l'air. Trompettes et buccins sonnent une marche. Les cadeaux que le consul-en-deuxième avait soigneusement choisis et auxquels tu as ajouté un exemplaire de ton traité sont exposés sur des buffets garnis d'incrustations d'ivoire.

Sur un trône d'or garni de pierreries s'élevant d'une estrade en bois noir, Alexandre semble résigné à s'ennuyer. Tu es frappé par le contraste entre cet homme frêle âgé de trente-deux ans, maquillé, parfumé, la barbe peinte et tressée, et l'immensité de la puissance qu'il déploie. Pour cette cérémonie d'hommage, l'usage est, après s'être prosterné, de vanter ses exploits guerriers, et tu as préparé un exorde en ce sens. Au dernier moment, pensant aux leçons d'Anaximène de Syracuse – toujours surprendre –, tu t'écartes de ce texte convenu. D'une voix ferme, que tu modules avec art et fais résonner jusqu'aux extrémités de la salle, tu improvises :

« Comment pourrais-je faire un éloge crédible de tes victoires, moi qui n'étais présent sur aucun champ de bataille ? Quelle serait la valeur de mes compliments, si je me bornais à chanter à ma façon la mélodie écrite par d'autres ? Le plus humble de tes vétérans qui a perdu un œil ou une main au combat est plus digne de te tresser des lauriers que n'importe lequel d'entre nous, les bien-nourris présents dans cette salle. Et son retour victorieux chez lui après tant de fatigues et d'exploits proclame ta gloire bien plus que tous les dithyrambes que nous pourrions réciter. »

L'indistinct murmure de désapprobation dans ton dos ne te fait pas dévier.

« Grand Roi, tu l'es par ta valeur propre et n'as pas besoin d'un discours de plus. Et pourtant nous nous ressemblons : toi et moi, chacun à sa manière, nous poursuivons nos rêves vers de lointains ailleurs. »

Tout l'auditoire frémit. On a vu des courtisans décapités pour des insolences moindres. Alexandre esquisse un vague sourire.

« Toi, Alexandre de Macédoine, tu as voulu étendre ta puissance vers l'Asie, jusqu'aux limites du monde connu et au-delà. Moi, Pythéas de Massalia, j'ai voulu étendre mes voyages sur l'océan du Nord, jusqu'aux limites du monde connu et au-delà. Nous avons des ambitions d'une même nature, que nous réalisons selon nos moyens, pour toi la guerre, pour moi le négoce. Mais nous ne nous réduisons pas à cela. Qui te décrirait seulement comme un guerrier, et moi seulement comme un négociant ? Tu déploies tes armées et affrontes tes ennemis. Je déploie mes voiles et affronte l'océan. Comme toi, je veux savoir ce qu'il y a après. Comme toi, je tends vers la découverte ultime. Comme toi, je ne suis jamais satisfait de ce que je vois et aspire à aller toujours plus avant. C'est pour cela que tous te désignent comme le Grand Roi et moi comme le Grand Navigateur. »

Ta prétention implicite à être reconnu comme l'égal de ton hôte suscite de nouveaux remous dans l'assistance, mais ton but est atteint : tu constates que maintenant Alexandre t'écoute vraiment, et tu lui exposes ta vision des équilibres en Méditerranée. Les armées innombrables du Macédonien se sont répandues sur toutes les terres, mais la mer reste libre. Une toute-puissance maritime serait un danger mortel – et là tu te retournes à moitié pour sourire aimablement à l'ambassadeur de Carthage –, alors qu'une alliance avec une confédération de cités portuaires libres garantirait la sécurité de la navigation, et la mise à disposition des navires dont l'immense royaume pourrait avoir besoin. Quand la terre affronte la mer, les dieux choisissent le vainqueur. Quand la terre et la mer s'allient, aucune force humaine ne peut leur résister.

Tu n'as aucune idée de ce qu'aurait dit le consul-en-deuxième, s'il n'avait pas goûté au flacon de vin déposé dans sa cabine. La cérémonie se poursuit, et le grand chambellan te raccompagne à ta place. Les autres dignitaires et chefs de délégation ne manifestent aucun sentiment, ne sachant si tu seras félicité ou banni. Selon l'usage, Alexandre se retire sans avoir prononcé un mot.

Perdicas de Milet, qui s'intéresse à l'astronomie et a lu ton traité, t'a pris en amitié. Pendant la réception qui suit, il t'apprend que tu as étonné par la précision de tes analyses et tes suggestions d'alliances. Lors de ces grand-messes, les orateurs cherchent à s'exposer le moins possible et se contentent de fades hommages et de prudentes banalités. Tous ont remarqué et ton insolence et ta franchise. Cette remarque t'amuse, car tu n'as voulu faire montre ni de l'une ni de l'autre.

Puis il t'explique le protocole en vigueur, directement repris de celui de l'Empire perse. Au lendemain de l'audience, tu dois demander la permission de t'en aller, et il n'est pas question de quitter la ville sans cette autorisation, sous peine d'être rattrapé et traité comme un espion. Mais elle est accordée dans un délai que nul ne peut prédire : très rarement dans la journée ; le plus souvent, au bout de quelques semaines, voire de quelques mois. Pendant cette période, le dignitaire sur le départ attend chaque jour d'être convoqué au palais pour s'entendre signifier la réponse d'Alexandre à son message. Certains malheureux n'ont jamais reçu leur congé, ils épuisent leur fortune et leur crédit, migrent dans des auberges de plus en plus médiocres, sollicitent en vain, et ne savent s'ils sont retenus comme otages, ou de part et d'autre complètement oubliés. Comme tu l'interroges, Perdicas avoue se morfondre à Babylone depuis trois mois.

Le jour suivant, tu fais porter quelques présents au connétable du palais et lui demandes son accord pour rentrer à Massalia. Et l'attente commence.

29

Six jours après l'audience solennelle, peu avant la tombée de la nuit, une escorte armée vient te chercher pour t'emmener au palais. À peine as-tu le temps de revêtir ta plus belle tenue qu'il te faut chevaucher au milieu d'eux. En ton for intérieur, tu espères voir le connétable ou l'un de ses adjoints, qui t'abreuvera de propos lénifiants puis t'autorisera à rentrer à Massalia. Tant mieux, l'inaction forcée et l'absence de perspectives claires commencent à te peser.

Vous entrez par une porte latérale dans une cour que tu ne connaissais pas, où attendront montures et soldats. Un eunuque torse nu, drapé de tissus soyeux à la mode perse, te guide dans un dédale de corridors, de passages voûtés, de patios où glougloutent des bassins, de couloirs étroits, de petits escaliers, de courettes, jusqu'à un grand jardin. Roses et jasmins parfument l'air tiède. Au bord d'un canal de marbre blanc, quelques musiciens égrènent des notes sur leurs instruments, mais ne chantent pas. Deux soldats, des colosses au crâne rasé, vous regardent passer. Une volière un peu plus grande que ta maison abrite mille oiseaux colorés qui volettent et piaillent.

À l'abri d'un bosquet est dressée une vaste tente dont tous les pans sont relevés pour laisser vaguer la brise. Le sol est couvert de tapis et de quelques meubles bas. Allongé sur des coussins de soie, un aide de camp à ses pieds, Alexandre te fait signe d'entrer. Il est vêtu simplement, à la grecque, d'une tunique de coton écru et de sandales de cuir – avec toutefois des bagues à chaque doigt et un bracelet d'or à la cheville gauche. Comme tu fais mine de te prosterner, il t'arrête d'un geste et t'invite à t'asseoir près de lui : « Tiens-moi compagnie un moment, Pythéas… »

De part et d'autre du royal abri, deux fontaines s'écoulent dans une succession de vasques en différents alliages de métaux. Les sons ainsi produits couvrent vos voix et empêchent toute indiscrétion.

Le Grand Roi est plus jeune, plus petit et plus fatigué que le conquérant en majesté que tu as vu fardé, apprêté, sur son trône. L'aide de camp te verse une coupe de vin où tu trempes tes lèvres puis dispose un plateau couvert de gourmandises auxquelles tu ne touches pas.

« Tout général en campagne doit affronter bien plus de jours d'ennui, d'attente, d'énervement, d'indécision, d'exaspération devant l'inertie et les rapports contradictoires que de jours de bataille. Le soir sous la tente, après trop d'heures vides, je me faisais lire des ouvrages sérieux, tels les récits de Scylax de Caryande ou l'essai de Ctésias de Cnide pour nourrir mon esprit. Ton traité en faisait partie. »

Sensible à la qualité du compliment, tu t'inclines en silence.

« Alors que mes hommes tombaient de soif ou d'insolation, je les abandonnais pour voyager avec toi sur les mers froides. Je voyais la neige, Thulé, la mer gelée, l'ambre sur les plages, les falaises, les brouillards, les ciels nocturnes s'illuminant. J'entendais le vent gronder et les vagues déferler. Si mon père n'avait pas été Philippe roi de Macédoine, j'aurais aimé être ton second, voire un simple matelot, et admirer de mes propres yeux tout ce que tu as vu. »

Tu hésites à bredouiller une remarque ou un trait d'esprit, mais Alexandre attend de toi autre chose que des propos courtisans. Le silence te sied mieux, et le surprend :

« Tu n'es pas bavard, le Massaliote. Tu l'étais davantage lors de ton audience de présentation !

– Je parlais alors pour ma ville, et non pour moi. »

La conversation retombe à nouveau, et par ta faute. Si ton but est de l'intriguer, tu as réussi. Alexandre prend sa coupe de vin et y fait honneur. L'aide de camp la remplit à nouveau, et allume quelques bougies.

« Je dois te remercier des moments passés dans les sables des déserts à écouter ta voix lointaine. Veux-tu que je t'offre la tête de l'ambassadeur de Carthage ?

– Non. Il a fait ce qu'il estimait nécessaire pour sa mission. Je n'ai contre lui aucun grief personnel.

– Attenter à ta vie aux portes de mon palais, c'était aussi m'insulter. Tu peux être miséricordieux, je dois être sans pitié.

– Alors, refuse-lui très longtemps la permission de partir. Exile-le loin de ta Cour dans une petite ville poussiéreuse. Et que cet incident te conduise à écouter mon message plutôt que le sien. Ton intérêt est de maintenir la liberté des mers, et une paix durable entre des puissances moyennes en Méditerranée. Aucune ne te fera de l'ombre, et toutes te seront redevables. »

Alexandre ne répond pas. Tu ne t'attendais pas à ce qu'il prenne position dans l'instant, et sans doute n'a-t-il pas envie de se plonger dans les affaires de l'empire. Il se saisit d'une coupelle emplie de graines de grenade et la regarde avec une attention particulière :

« Tu vois cette porcelaine blanche et bleue, si fine qu'elle en est presque transparente ?

– Quand j'avais dix ans, un navire rentrant du Pont-Euxin a rapporté quelques tasses et soucoupes de même apparence à mon père. Personne ne savait d'où elles venaient.

– L'empire de Kitaï. Avec mes armées, je n'ai pas pu avancer au-delà du fleuve Hyphase. Et, de là, à plusieurs mois de marche, en contournant par le sud ou par le nord d'infranchissables montagnes couvertes de glaciers, on atteint, paraît-il, un immense pays peuplé d'hommes au teint jaune, aux yeux bridés. Des caravaniers m'ont raconté les plaines fertiles, les villes carrées aux murailles ponctuées de tours, les arbres où pousse la soie véritable, les fleuves immenses. Et tout au bout l'océan… Si un navire partant de Thulé fait route vers l'ouest et non comme toi vers le nord, en combien de jours atteindra-t-il les côtes de Kitaï ? »

Nul ne peut répondre à cette question et à tout ce qu'elle implique, alors tu choisis la boutade et lèves ta coupe :

« Je doute qu'on y trouve un vin meilleur que ce nectar de Samos. »

Alexandre semble ne pas avoir entendu cette sottise. Il trace négligemment d'un doigt des figures ondulantes sur le tapis, d'imaginaires routes maritimes ou terrestres.

« Veux-tu devenir mon géographe, Pythéas ? Dignitaire de mon empire, tu aurais tous les moyens que tu désires pour continuer tes travaux. Tu pourrais interroger tous ceux qui ont chevauché à mes côtés, mes satrapes, les princes alliés ou soumis. Tu aurais toute liberté pour lancer des expéditions, ou des navires, lire tous mes livres, dicter jour et nuit à des scribes tes réflexions et tes découvertes. Ceux qui t'ont critiqué ou ont mis en doute tes voyages seront muselés, ou mis à mort si tu préfères… »

Dans le lointain, les musiciens ont cessé de jouer, ou peut-être la brise qui s'est renforcée emporte-t-elle leurs mélodies vers un autre recoin du palais. L'aide de camp se lève et referme la toile de la tente du côté au vent.

« Tu vois, moi aussi je manœuvre les voiles… » sourit rêveusement ton hôte.

Tu pèses soigneusement tes mots : « Si le Grand Roi me l'ordonne, j'obéirai et j'en serai honoré. Si Alexandre me laisse le choix, je lui réponds que je souhaite seulement, maintenant que ma mission est achevée, rentrer à Massalia. »

Quoique visiblement contrarié, il te répond sur un ton léger : « Je ne te contraindrai pas. Je ne veux pas t'enfermer dans une cage, même dorée. Mieux vaut en effet pour toi être un homme célèbre dans ta ville qu'un notable à ma cour. Et c'est moins dangereux. Les puissants font parfois malgré eux du mal à ceux qu'ils aiment ou qu'ils admirent. »

Cette lucidité te fait frémir, et tu lui dois une réponse. Sur une table basse marquetée d'ivoire, dans un grand plat de bois noir, tu te saisis d'un melon venu de Sogdiane, et le fais tourner en gardant un doigt immobile sur son équateur.

« Nous savons toi et moi que la Terre est ronde. Selon la théorie astronomique, un navire partant de Thulé ou même de Massalia et continuant indéfiniment vers l'ouest finirait par arriver, sinon à son point de départ, du moins quelque part en Gédrosie. Et s'il dévie un peu vers le nord, il atteindrait cet empire de Kitaï. Nous savons calculer le diamètre de la Terre, et le nombre de jours de mer qu'il faudrait pour accomplir pareil périple. Mais je ne me fierais pas à pareilles spéculations.

– Et pourquoi donc ?

– Je suis un homme de terrain, pas un devin ni un poète. Et pareille distance m'effraie. Mes matelots rechignaient à naviguer six jours sans voir la terre. Quels marins d'exception accepteraient de partir pour cent, deux cents, trois cents jours de mer ? Même les meilleurs pourraient céder à la tentation de la mutinerie. Il faudrait les nourrir et les abreuver, mais aucun navire ne dispose de cales assez vastes pour stocker les énormes quantités de vivres et d'eau nécessaires à pareil voyage.

– On croirait entendre pleurnicher un chamelier d'Arachosie ! Et si je te trouve les hommes et les navires ?

– Je ne partirais qu'avec des équipages en qui j'ai entièrement confiance, pas avec des mercenaires ou des novices, encore moins des enthousiastes. Me permets-tu de te dire en face une vérité désagréable, et qui fait écho à mon propos lors de l'audience que tu m'as accordée ? Tu n'as pas de marine, Grand Roi.

– J'ai plus de cent vaisseaux ! » s'exclame Alexandre, froissé par ta remarque, et qui vide à nouveau sa coupe de vin. Tu toussotes et refais tourner le fruit que tu n'as pas lâché.

« Tu as des vaisseaux, mais pas de marine ni de marins. Tu es un terrien. Mais passons sur cet aspect. Lançons par la pensée une flotte vers l'ouest et vers l'empire de Kitaï, puisque tels sont tes ordres. Les vents dominants dans l'océan viennent de l'ouest, il faudra les affronter, et toutes les difficultés imprévisibles de pareil voyage. Et surtout, comment savoir ce que ces navires vont rencontrer ?

– Des tourbillons qui les entraînent vers le fond ? Des monstres marins, des tempêtes ?

– C'est bien possible. Ou de vastes terres. Ou un labyrinthe d'archipels. Ou des chaînes de montagnes. L'océan est peut-être continu autour de l'Europe, l'Afrique et l'Asie, à la façon d'une pièce d'eau entourant une île. Mais peut-être d'autres Thulé, et bien plus grandes, s'étendent-elles pour barrer la route à cette expédition dans la direction que tu souhaites…

– Et bien nous débarquerons et continuerons à pied ! »

Alexandre en cet instant est comme un homme ivre, emporté tout entier dans son rêve. Et tu la connais si bien, cette ivresse… Machinalement, ta main gauche vient recouvrir, comme pour les protéger, le petit doigt et l'annulaire de ta main droite.

« Toi le Massaliote qui prétends connaître l'océan mieux que quiconque, tu ne peux pas esquiver toutes mes questions ! Je passerai au nord des montagnes avec mes armées, j'affronterai les déserts et je traverserai cet empire de l'Est jusqu'à atteindre sa capitale et pénétrer au cœur de ses palais ! Et toi, l'homme de l'océan, combien de jours te faudra-t-il pour gagner Kitaï avec mes navires ? »

Non sans soupirer de déplaisir, tu reprends le melon pour y planter un, puis deux, puis trois cure-dents, au fil de ta démonstration.

« Ici les colonnes d'Hercule. Et voici Babylone.

– Si près que cela ?

– Oui, le huitième seulement de la circonférence. Nul ne sait où est cet empire de Kitaï, imaginons qu'il soit un peu plus loin de nous que nous des colonnes d'Hercule. Vois, cela fait un tiers de ce fruit. Reste à naviguer les deux autres tiers.

À une vitesse normale, et si aucune île, aucune terre ne barre le passage, il faut… »

Grâce aux leçons d'Anaximène de Syracuse et à tes années à Athènes, tu es rompu au calcul mental. Diviser la circonférence de la Terre – prise à l'équateur, ce qui, tu le sais, conduit à un chiffre surévalué – par la vitesse moyenne d'un navire n'est pas trop difficile. Tu effectues l'opération, non comme un élève qui passe un examen, mais comme un homme autorisé à entrer dans les rêves d'un ami.

« … environ deux cent cinquante jours de mer.

– Donc nous pouvons nous donner rendez-vous là-bas. Moi par voie de terre et toi par la mer. Je te nomme capitaine général de ma flotte océane. Retrouvons-nous dans trois cents jours au pays des hommes jaunes aux yeux bridés, Pythéas… »

Il est inutile de raisonner qui ne veut pas entendre raison. Tu ne réponds pas. Et qui sait où ses pensées l'ont entraîné ? Il murmure d'une voix à peine distincte : « J'aime que tu ne trembles pas de peur devant moi, le Massaliote… »

Au bout d'un moment tu constates qu'il s'est assoupi. Comme un enfant, il gémit parfois, il geint, il bouge les jambes. Puis il pousse un petit cri pour chasser un songe, rouvre les yeux, et après quelques secondes de flottement se remet à parler :

« Si tu avais la toute-puissance sur ce monde, à quoi l'utiliserais-tu ? J'ai les plus beaux chevaux, les concubines les plus délicieuses, les garçons les plus aimants, les bijoux les plus coûteux, et j'en sais la futilité. Je laisse ces bibelots à mes gouverneurs des provinces. Pour que ma gloire subsiste, j'ai fondé une famille, des temples, des villes. Que puis-je ajouter ?

– Ton nom ne s'éteindra jamais. Et si tu veux surpasser toutes les œuvres humaines, à toutes tes réalisations ajoute dans une ville que tu aimes une bibliothèque… Non pas cadenassée pour un usage exclusif, mais ouverte à tous. »

En improvisant cette réponse, tu penses à Anaximène recherchant partout des sources pour son histoire de Massalia, et à tes difficultés à trouver les livres de tes prédécesseurs quand tu composais ton traité.

« Une bibliothèque ? Comment l'imagines-tu ?

– Richement dotée en terres, en esclaves et en magasins, pour pouvoir te survivre toujours. De grandes salles accueillantes pour lire et recopier les manuscrits. Avec des savants pour la diriger. Avec des réserves immenses protégées de l'humidité et des rats. Des cours intérieures, des fontaines, des statues, des palmiers pour garantir la sérénité nécessaire aux études. Du marbre et du porphyre pour honorer tous les savoirs. Et la totalité des livres. Qu'aucun, parmi tous ceux que le génie grec a conçus, n'en soit absent. Pareille abondance n'aurait pas d'exemple et proclamerait pour l'éternité la sagesse du plus grand des rois. »

Tu poursuis la description de cette bibliothèque idéale, ouverte tous les jours de l'année, et tu en détailles l'organisation. Les lecteurs seraient pris en charge pour pouvoir étudier sans se préoccuper de rien d'autre. Obligation serait faite à l'auteur de tout livre nouveau d'en offrir un exemplaire. Des messagers parcourraient tout le monde grec pour acheter ou copier tout ce qui a été écrit depuis Homère et Hésiode.

Au sein d'un vaste jardin donnant sur la mer ou sur un fleuve, l'Histoire, la Philosophie, la Médecine, le Théâtre, la Politique, la Musique, la Géographie, la Poésie auraient chacune leur pavillon, avec à leur tête les meilleurs spécialistes de chaque discipline et des bataillons d'assistants. Deux temples seraient également édifiés dans la même enceinte, l'un dédié à Athéna aux yeux pers, déesse de la sagesse, l'autre au divin Alexandre, protecteur du lieu.

Le Grand Roi s'est profondément endormi pendant que tu édifies méthodiquement cette utopie. L'aide de camp le recouvre d'une couverture légère, et te fait signe de te retirer.

30

Trois jours plus tard, tu reçois l'autorisation de partir.

Avant que la nouvelle ne se répande, tu te promènes dans le grand bazar de Babylone pour marchander des soieries aux couleurs vives et d'autres étoffes arachnéennes. Au cours d'une longue promenade au bord de l'Euphrate et dans les jardins, tu prends congé de la capitale de l'empire.

Une escorte t'accompagnera jusqu'à Tyr, où un navire te portera à Phocée. Au terme de quelques tergiversations, tu obtiens en outre une litière afin de transporter ton ami blessé, avec un aide-médecin.

La garde armée à tes côtés se justifie aussi par le sac de pièces d'or frappées à l'effigie du Grand Roi que celui-ci t'a fait porter. Il est rare, mais pas exceptionnel qu'un ambassadeur reparte avec un cadeau – attention qui par elle-même suscite commentaires et jalousies. Le palais fait en outre savoir que ces pièces ont été fondues avec l'or de tous les présents offerts par l'ambassadeur de Carthage. Il n'y a pas, pour ce dernier, d'humiliation plus visible ni de défaite plus éclatante.

L'officier qui commande le détachement est un garçon aimable, amusant, efficace et lettré, qui te raconte ses campagnes en Drangiane, en Carmanie et dans le Sindh.

Son récit de la bataille de l'Hydaspe et du choc de la cavalerie macédonienne avec les éléphants de guerre du roi Poros t'impressionne particulièrement. Vous chevauchez de conserve et la journée se passe comme en un rêve. Le soir le camp a été dressé pour votre arrivée, et vous vous installez, non sans confort, pour la nuit.

Au coucher du soleil, l'arrivée d'un groupe de cavaliers en armes met en alerte tous les soldats. Mais ils échangent un mot de passe, et bientôt Alexandre se fait reconnaître.

Il n'est pas d'exemple que le Grand Roi ait tenu à saluer un dignitaire étranger qui s'en va. La fiction du hasard d'une partie de chasse ne trompe personne, et le discret sourire de l'officier de liaison te le confirme.

Tu le reçois de ton mieux, mais il n'a aucune envie d'entrer sous ta modeste tente. Il se promène à tes côtés dans le campement, regarde tous les détails, plaisante avec les soldats, suggère quelques améliorations, inspecte les chevaux.

Entendant le brouhaha de la petite foule qui vous accompagne, Kaspers se lève – c'est la première fois depuis l'attentat – et sort de sa litière. Apercevant ce grand gaillard le torse bandé, Alexandre comprend : « Alors c'est toi qui as sauvé la vie de mon géographe préféré ? »

Le Breton lui aussi devine qui est son interlocuteur. Il rougit, chancelle, et en portant la main à son cœur lui répond par une grande phrase dans sa langue natale. Tu lui fais remarquer sa confusion, mais Alexandre t'interrompt : « Je ne connais pas cet idiome, mais je suis certain d'avoir compris. J'aime qu'un homme soit courageux au-delà du raisonnable. Reçois cette bague pour te marquer mon estime. »

Il enlève un anneau orné d'une pierre rouge de son index et le tend à Kaspers, qui hésite à s'en saisir, te regarde, et finalement le reçoit dans sa paume et bredouille un remerciement, en grec.

Puis Alexandre te prend familièrement par le bras et t'entraîne un peu à l'écart. Arrivé au pied d'un peuplier solitaire, il murmure :

« Et si dans deux ou trois ans je t'envoie un navire pour que tu viennes me rejoindre, en Égypte je pense, viendrais-tu passer un peu de temps avec moi ? Sans doute à Alexandrie-du-delta, cette ville dont j'ai décidé la construction. Le plus bel ornement de ce carrefour de tous les mondes, ce sera la bibliothèque que tu as imaginée. J'aimerais que tu viennes en découvrir le chantier. »

Cette offre, qui a la résonance d'un adieu et la douceur d'une prière, te touche bien plus que tu ne veux l'admettre. Elle ne vient pas du plus grand conquérant que la Terre ait jamais porté, mais d'un homme dont tu ressens la solitude.

Très haut dans le ciel gris perle et rose pâle, un émouchet plane en cercles concentriques, comme pour dessiner un dais. Après avoir hésité, tu réponds par la formule militaire que les bataillons de soldats lui crient de toutes leurs forces lorsqu'il les passe en revue – mais d'une voix sourde, éteinte : « Ordonne, Grand Roi, et j'obéirai ! »

Venant de toi, en cet instant, elle prend une tonalité étrange. Non pas une moquerie, mais un aveu sincère et incongru, qui vaut promesse. Le regard d'Alexandre se nimbe d'une tristesse inexpliquée, il tourne les talons et tu le regardes s'éloigner.

Un instant plus tard, les prétendus chasseurs reprennent le chemin de Babylone.

Au fil des jours qui suivent, tu découvres les grandes routes de l'empire, parfaitement entretenues, souvent ombragées, avec des auberges et des relais de poste à intervalles réguliers. Vous chevauchez de l'aube au crépuscule, avec une pause au plus fort de la chaleur, bien plus vite que la caravane dans les montagnes. Et pendant les siestes, le jeune officier récite des vers, ou répond à tes questions sur les régions qu'il a traversées. Si tu es en veine de confidences, tu lui racontes Thulé et la mer gelée, et comme avec tous les autres tu vois ses yeux briller. Le pays est semi-désertique, mais sans relief, et vous maintenez une cadence élevée. En quinze jours, vous atteignez la côte. Un navire réquisitionné vous attend pour vous porter à Phocée.

Comme convenu, le Gueulard y est au mouillage. Il a navigué de son côté dans le Pont-Euxin et te rend compte des excellentes affaires qu'il y a conclues à votre mutuel avantage. Kaspers est maintenant à peu près rétabli, il peut à nouveau marcher sur de brèves distances et s'impatiente de ne pouvoir encore ni courir ni grimper dans la mâture. Après une ultime visite protocolaire aux autorités de la ville, vous mettez à la voile pour Massalia.

Une semaine après ton retour, tu te présentes devant les consuls pour exposer le déroulement et les résultats de ta mission. Critias t'a prévenu que la séance serait sans doute plus complexe que prévu, car sa promotion comme consul-en-deuxième et le succès de ton ambassade ont suscité des jalousies.

Le débat porte d'abord sur les responsabilités dans l'empoisonnement et dans la tentative de meurtre. Tu répètes que ta conviction est faite, pour l'un comme pour l'autre, mais qu'il est impossible d'en apporter des preuves irréfutables. Dès lors tu les as utilisés pour remporter un avantage politique. Cette ligne de conduite est approuvée à l'unanimité.

Le nouveau consul-en-troisième – un intrigant que tu n'as jamais apprécié – t'interroge sur les bonnes dispositions du Grand Roi envers Massalia :

« Aucun traité n'a été signé ?

– Non. D'ailleurs je n'avais pas de mandat pour cela.

– Alors, en l'absence d'écrit, il faut te croire sur parole ? »

La question frise l'insulte, tu blêmis sous l'outrage et réponds d'une voix contenue :

« Tu me traites de menteur ?

– En aucune façon ! Et ton passé parle pour toi… »

Sur les quais certains murmurent toujours que Thulé et la mer gelée n'existent que dans ton imagination. Le venin de l'ortie d'Éphèse n'a jamais cessé de circuler, ni la blessure qu'il t'a infligée cicatrisée. Du coup, sa rétractation semble plus blessante encore. Pour apaiser l'incident, le consul-en-premier explique sa préoccupation :

« Pour nos capitaines, pour nos archives, pour les autres cités, il serait bon de pouvoir se prévaloir d'un document formel ayant date certaine.

– Alexandre en a signé beaucoup et en respecte même quelques-uns. Mais nous n'en avons pas évoqué la possibilité. Outre ma parole, dont j'espère qu'elle compte, vous pourrez au moins observer la déconfiture des Carthaginois… »

Nul ne relève cette conclusion provisoire. Puis ton frère toussote et, même s'il t'a prévenu, son message est dur à entendre :

« Par ailleurs, pendant deux mois, tu as utilisé à des fins privées le navire et le capitaine que la ville t'a confiés…

– Selon l'usage, j'en avais le droit. Et cela valait mieux que de payer l'équipage à ne rien faire.

– Bien entendu. Mais dans un tel cas, la ville a le droit de te demander les frais de location. Mes collègues m'ont demandé de calculer la somme, sachant, puisque je suis ton frère, que… »

Tu l'interromps et vides une bourse sur la table.

« Voilà qui solde nos comptes. Et avec des pièces à l'effigie d'Alexandre, dont vous connaissez maintenant l'histoire. »

Le consul-en-troisième reprend la parole :

« Tu nous as aussi demandé d'octroyer la citoyenneté de Massalia à ton matelot breton qui a dévié le poignard du sicaire. Les renseignements que nous avons pris sur ce garçon sont mauvais. Il boit. À Phocée, membre de la délégation, il s'est battu avec les soldats de la garde portuaire. Pareils comportements le disqualifient. Pour t'avoir sauvé la vie, il recevra une gratification, rien de plus. »

Puis les trois consuls te votent à l'unanimité des félicitations – formule vaine, car l'autre option est la mise en accusation.

Tu te retires, furieux, et n'acceptes pas l'invitation au banquet qu'il est d'usage en pareil cas de partager avec l'exécutif de la ville.

Les importants bénéfices réalisés par le Gueulard et par la vente des tissus rapportés de Babylone ne calment pas ton amertume.

Quelques jours après cette séance houleuse, et peut-être en forme de compensation, tu obtiens pour tes soirées géographiques une salle plus grande et plus digne, celle du tribunal de commerce. Les séances qui reprennent dans ce cadre solennel continuent d'être appelées le Grenier de Massalia, et sont de plus en plus souvent présidées par Archélaos.

Et parfois, dans cette même salle, tu es sollicité comme expert pour un litige entre un capitaine et son armateur, afin d'apprécier si le récit d'avarie, d'incident, de fortune de mer ou de confiscation par un prince barbare te semble cohérent. Tu t'en aperçois rapidement : ton opinion fait loi. Et la confiance que les professionnels te témoignent est une forme d'accomplissement.

Mais à tes yeux rien ne vaut l'estime de l'homme avec qui tu as conversé toute une nuit dans les jardins du palais.

31

Un an plus tard, un navire venu d'Égypte apporte une nouvelle incroyable, un coup de tonnerre inimaginable : Alexandre est mort ! À Babylone, pris de fièvre il s'est éteint en quelques jours.

À cette funeste annonce, tu déchires tes vêtements et te rases la tête et les sourcils, comme pour un membre de ta famille. Au cours des quelques jours passés dans sa capitale, tu as acquis la conviction de rencontrer non un puissant roi, mais un homme réellement exceptionnel, dont jamais le souvenir ne s'évanouira.

Beodulf n'était qu'un roitelet sans envergure, une relation d'affaires. Alexandre, lui… tu ne trouves pas les mots.

La ville organise une cérémonie pour célébrer la mémoire de celui qu'elle considérait, suite au succès de ton ambassade, comme son allié. Après le discours du consul-en-premier, il te revient de prononcer l'éloge funèbre. Tu acceptes cette charge et t'en acquittes de ton mieux, mais quelles paroles pourraient exprimer la dimension de la tristesse que tu ressens, la profondeur de la perte que tu éprouves ?

Massalia pourra à l'avenir faire affaire avec tel ou tel diadoque, selon les partages et les combats entre les généraux du défunt Grand Roi. Mais toi ? Tu ressens dans ton cœur un vide insondable. Rien ne remplacera jamais l'amitié qui s'est esquissée entre vous.

Et sur les quais, on ricane de la brièveté du succès que tu as remporté. Un bon mot court à bas bruit dans toute la ville : Pythéas a certes forgé une alliance, mais une alliance de onze mois…

32

Un matin, au début du printemps suivant, Archélaos vient se présenter à ta maison. Il s'est vêtu pauvrement, d'une tunique blanc sale et d'une ceinture de corde. Quand tu lui ouvres, il met un genou à terre et pose la main droite sur ton pied, en position de solliciteur. Étonné, tu lui demandes de se relever et d'expliquer sa démarche. Il ne bouge pas, et baisse la tête :

« Ô mon maître, je viens implorer ton pardon.

– Diable, qu'as-tu donc fait ?

– Je vais te le dire. Mais avant cela, permets-moi une question : serais-tu d'accord pour accepter une femme aux séances du Grenier ?

– Une femme ? Quelle drôle d'idée ! À qui penses-tu ?

– À ma sœur, Agnodice.

– Ma foi, je ne vois pas de raison de la refuser. Mais il faudra qu'elle prononce un exposé liminaire et soit acceptée. En est-elle capable ? Et vas-tu te relever à la fin ? »

La scène devient ridicule, surtout venant de ton disciple le plus réputé. Les passants dans la rue s'arrêtent pour vous regarder. Un muletier rigole ouvertement. Mais il n'obéit pas.

« Bien sûr, elle se soumettra à la règle commune.

– Mais es-tu certain que la géographie l'intéresse ? Les femmes ne voyagent pas…

– Elle a déjà assisté à plusieurs séances du Grenier…

– Que me dis-tu ? Je n'y ai jamais vu aucune femme.

– Pardon mon maître. Lors des dernières séances, je suis venu avec un jeune esclave qui faisait mine de somnoler derrière moi. C'était ma sœur, déguisée.

– C'est donc là ton crime ? Par pitié, relève-toi et allons boire un verre à l'intérieur. »

Tu lui donnes une tape dans le dos et vous entrez dans la cour pour vous asseoir sous le platane. En ton for intérieur, tu dois reconnaître qu'il a bien joué : s'il avait présenté sa demande directement, tu aurais eu plus de mal à l'accepter, sans savoir d'où te venait cette réticence. Ta seule exigence est de la rencontrer avant la séance. Et lorsque tu la reçois avec son frère, elle te fait forte impression. Pour parvenir à ses fins, cette jeune femme frêle, à la peau pâle et aux cheveux très noirs, dotée d'un regard perçant, vous a manipulé tous les deux. Sans avoir quitté Massalia, elle a acquis de vastes connaissances, et peut citer de mémoire plusieurs passages de ton traité.

À la séance du Grenier, que tu présides personnellement, lorsqu'elle monte à la tribune, les rires et les ricanements sont immédiats. Tu dois élever la voix à plusieurs reprises et menacer d'exclusion les plus véhéments pour ramener le calme. Elle se présente sans évoquer son lien de parenté avec Archélaos, et indique son sujet : la géographie de l'*Odyssée*.

À cette annonce, tu parviens à dissimuler ton mauvais pressentiment. S'il y a bien un thème cent fois rebattu, c'est de confronter le parcours d'Ulysse dans les vers d'Homère avec la réalité de la Méditerranée. Agnodice se lance, sa voix qui tremble un peu au début s'affermit et se renforce. Et à l'étonnement général, elle ouvre de nouvelles perspectives, lance des hypothèses inédites, combat certaines idées reçues, et se sort avec brio de l'exercice imposé. Selon l'usage, tu proposes qu'elle soit reçue. Deux mains seulement se lèvent pour s'y opposer. Elle est donc admise dans votre cénacle.

Assez vite on s'habitue à sa présence, qui en outre a pour effet de rendre impossibles les plaisanteries obscènes que certains affectionnent. Elle s'exprime peu, mais toujours avec pertinence et gare à qui n'a pas affûté ses arguments ! Ses joutes verbales avec son frère sont sans pitié et constituent un spectacle en soi. En quelques mois, elle a trouvé sa place et sait se faire respecter.

À la fin de l'automne suivant, Kaspers exprime le souhait de te rencontrer, dans une auberge du port. Vous échangez quelques propos sans conséquence, puis il en vient à ce qui visiblement le préoccupe.

« Je me retrouve seul avec mes deux fils dans ma maison de la calanque au rocher. »

Il n'est pas d'usage de parler de ce qui se passe à son foyer – et c'est pourquoi je n'ai rien raconté sur la fille de Zotos, ton épouse. Par les bavardages des servantes, tu as appris que la femme du matelot breton est morte en couches, avec son bébé, deux mois plus tôt. Comment il se débrouille désormais, tu n'en as pas la moindre idée, et il serait inconvenant de t'en inquiéter.

« Je navigue avec toi depuis longtemps déjà, et j'ai mis un peu d'argent de côté, outre la bague d'Alexandre. Je souhaite que mes fils grandissent dans mon pays, parlent ma langue, et y apprennent mon métier. Je veux donc repartir pour l'Autre Bretagne, acheter une propriété et m'y établir. Définitivement. »

Sa décision est prise. Et tu sais ce que tu lui dois :

« Je commanderai moi-même le navire qui te ramènera chez toi.

– À la condition que j'y sois matelot, et non un feignant de passager. Et que tu prennes mes deux fils comme moussaillons.

– Que feras-tu de retour dans ton village ?

– Je me remarierai. J'achèterai un petit bateau pour faire du cabotage entre les ports, en tout cas pas plus loin que l'île Verte. Je verrai grandir mes fils. Le jour venu, ils prendront ma relève... »

Alors, tu organises pour l'été un grand voyage vers la Gaule et l'Autre Bretagne. En quatre mois de mer, entre beau temps et bonne brise d'ouest, vous naviguez avec bonheur, et un rien de nostalgie. Les affaires sont florissantes, et quand toutes les transactions sont achevées, que vous n'avez plus aucun prétexte pour continuer, que l'air devient frais, que l'équipage a hâte de rentrer, tu fais voile vers ce petit port où tu as rencontré un tout jeune homme il y a près de vingt ans. Une tempête subite vous amène à louvoyer, avant de pouvoir aller au mouillage.

Le dernier soir, accoudés au bastingage, vous regardez à travers la pluie fine les feux s'allumer dans le village. Une chanson et de joyeux éclats de voix montent depuis l'entrepont.

« Plus personne ne m'appellera Kaspers. Je vais reprendre mon vrai nom.

– Holftkawsperth...

– Dans notre langue, cela veut dire marée haute... »

Cette confidence inattendue te fait sourire et te touche.

« Je me suis toujours demandé pourquoi tu avais accepté d'embarquer avec moi, alors que tu n'étais qu'un gamin avec un soupçon de moustache… Tu ne parlais pas grec, tu ne connaissais rien au métier. J'aurais pu te vendre comme esclave…

– Chez nous, l'aîné doit partir, se faire un destin. J'hésitais à prendre mon baluchon et tenter ma chance comme palefrenier ou aide-charpentier, quelque part dans la région. Et puis ton bateau est apparu dans la baie. Je t'ai observé, j'ai vu comment tu traitais ton équipage, et j'ai décidé de te faire confiance. Je ne l'ai jamais regretté. »

Le lendemain matin, sous une pluie battante, et après avoir une dernière fois essayé de le faire changer d'avis, tu le déposes sur la plage, tu le vois présenter à ses parents ses deux garçons, une dernière accolade, et il est temps de repartir.

Et lorsque tu reviens à Massalia, une évidence s'impose : tu ne navigueras plus.

Trois ans plus tard, Archélaos se présente à nouveau à ta porte. Tu ouvres de grands yeux : « Ne me dis pas que tu as encore une sœur ! »

Il rit, et te rassure. Il vient te consulter car il s'est décidé : il veut à son tour partir en expédition, projet que sa fortune lui permet de financer. Vous en débattez longuement. Il envisage d'aller sur l'océan vers le sud, reprenant et si possible dépassant le voyage d'Euthymènes. Tu y vois aussi une délicatesse, à ne pas aller sur le chemin que tu as ouvert. Mais à force de débats entre vous le projet évolue : il partira vers le nord, sur les traces de ton second voyage. Arrivé à ce cap au-delà de la Gaule où la côte repart vers le sud, il continuera tout droit pour explorer ces îles plates que tu as entr'aperçues, et plus loin encore. Tu le conseilles sur le choix des navires et des capitaines, sur les vivres et les voiles, sur maints détails. Une dizaine des matelots qui ont navigué avec toi, dont celui qui parle un peu le breton, accepte sa proposition. Il te promet de faire demi-tour au bout de deux mois, quelles que soient ses découvertes. Voir le jour sans fin et les nuits qui n'en sont pas, tel est son objectif. Et des terres que tu n'as pas vues. Et tout ce blanc sous l'étoile Polaire. Et ces draperies lumineuses qui la nuit dansent lentement dans le ciel.

Alors tu lui fais cette confidence : tu n'as vu de licornes ni lors de ton premier voyage ni lors du second. Pourtant un roi du nord de l'Autre Bretagne croyait savoir que leur pays n'était pas loin du sien. Cette nouvelle expédition permettra-t-elle de résoudre l'énigme ?

Au printemps, il met à la voile, et tu as l'impression d'assister à ton premier départ vers l'océan.

À partir du cinquième mois, même si tu ne laisses rien paraître, ton inquiétude croît de jour en jour. Sur les quais on s'interroge, les familles s'inquiètent. Agnodice affiche une sérénité à toute épreuve. L'automne s'installe, sans aucune nouvelle des absents. Tenaillé par encore un rien d'espoir, tu t'accroches à l'opinion d'Aristote selon laquelle il y a trois sortes d'hommes, les vivants, les morts et ceux qui vont sur la mer. Mais au solstice d'hiver, selon les règles en vigueur, les deux navires sont considérés comme perdus. Avec la bourse qu'Archélaos t'avait laissée pour une telle éventualité, tu indemnises les veuves ou les pères.

Un matin, tu accompagnes Agnodice dans une longue promenade, malgré la bise qui souffle en rafales, jusqu'à l'extrémité de la pointe qui au sud ferme le port. Sans parler, vous vous asseyez sur les rochers, face à la mer. Des oiseaux indistincts jouent au large. Vos pensées se rejoignent. Tu réfléchis longuement et trouves la force de dire à haute voix :

« Ton frère est mort, et nous le savons tous deux. Il a accompli sa destinée selon ses choix. Les flots ont avalé sa dépouille quelque part dans l'océan du nord. Se morfondre et se lamenter ne le ramènera pas. Entends son rire dans le fracas du ressac. Honorons sa mémoire. »

Elle se tourne vers toi, se blottit contre ta poitrine et se met à pleurer, en silence, à chaudes larmes, longtemps, jusqu'à une forme d'épuisement. Tu ne parles pas. Tu es auprès d'elle.

Vers midi passe un ânier. Tu loues sa bête pour y asseoir Agnodice et la ramener chez elle. Le lendemain, elle se rase la tête et observe tous les rituels du deuil. Jamais plus elle ne prononcera le nom d'Archélaos.

33

Tes deux filles sont mariées désormais : l'aînée avec le fils d'un des principaux négociants de la ville, la cadette à l'héritier d'un petit royaume entre le Ventoux et les Alpes, allié de Massalia et réputé par la qualité de ses vins.

Maintenant que ton traité a acquis une notoriété au-delà de tes espérances, le Grenier devient moins indispensable. Mais lui aussi est ton œuvre, et doit te survivre, malgré la disparition d'Archélaos.

Parmi les membres, aucun nom ne s'impose pour te succéder. Le plus assidu n'est pas très intelligent, le plus incisif a vraiment trop mauvais caractère, le plus expérimenté reste quasiment muet et a onze ans de plus que toi, le plus habile et le plus populaire a trop de lacunes.

Ta décision prise, tu ne préviens personne. Lors d'une séance, pendant une conférence ennuyeuse sur les navires et les voiles utilisés en Égypte, tu te mets à tousser sans pouvoir t'arrêter, tu sembles à deux doigts d'un malaise, du coup tu t'écartes de la tribune et fais signe à Agnodice de prendre le relais. Surprise, elle t'obéit. Quelques murmures accueillent cette étrangeté, mais comme tu restes présent, personne n'ose contester ton choix. Elle préside ainsi quasiment toute la séance, distribue la parole, maintient le calme, glisse quelques compliments et clôt les débats au moment opportun.

Le jour suivant, tout Massalia ne parle que de cette novation : une femme à la tête d'une assemblée d'hommes ! Les habitués du Grenier, qui connaissent sa compétence, ne sont qu'étonnés. Et à ceux qui osent t'interroger, tu lances sèchement : « Qui d'autre ? » Les plus hostiles sont ceux qui n'ont jamais montré d'intérêt pour la géographie. Les moralistes, les pudibonds, les censeurs, les effarouchés peuvent aboyer, leur opinion t'indiffère.

À cinquante-cinq ans, ton frère est à deux doigts d'atteindre le but auquel il travaille depuis l'adolescence : devenir consul-en-premier, lors du prochain renouvellement de l'exécutif. Il n'a pas d'ennemis, les grandes familles se sont entendues sur son nom, et il bénéficie de ton prestige. Sa mort subite, en pleine rue, que rien ne laissait présager, vient bouleverser ta vie.

Tu dois d'abord épauler ton neveu. Anaximandre est un garçon jovial, de petite taille, très brun de peau, affligé d'une légère boiterie. Il a suivi de paresseuses études à Athènes, sans retenir grand-chose de ses leçons de rhétorique ou de grammaire. Sensible au mal de mer même à quai, il n'a aucun goût pour la navigation ou les voyages – sauf ceux que, dans son enfance, tu lui racontais les soirs d'hiver avec force détails. Il excelle dans le maniement des chiffres, et s'est spécialisé dans des opérations de prêts de plus en plus complexes, si élaborées que Critias lui-même avait renoncé à comprendre les acrobaties de son fils. Les subtilités des calculs d'intérêt, les nantissements, les billets à ordre payables sur des négociants amis dans d'autres ports, les prêts sur gage n'ont pas de secrets pour lui, et il semble inventer chaque année un nouvel instrument financier plus sophistiqué et plus rentable que les précédents. Les meilleurs des négociants phéniciens se noient dans ses algorithmes, et y laissent des plumes.

Lui et toi avez toujours été proches, et il s'appuie beaucoup sur tes conseils pour gérer la flotte, les capitaines, les cargaisons, les entrepôts, les spéculations sur le blé et le vin. Cette routine dont tu t'étais éloigné depuis quelque temps ne te passionne pas, mais tu y replonges avec efficacité. Les quelques imprudents qui ont cru que la mort de Critias signait la décadence de sa maison sont vite détrompés. Et punis. D'autres viennent te murmurer que ta position et ta renommée te permettraient d'évincer aisément le jeune homme. Tu bannis ces insolents de ta vue.

Et lorsqu'un négociant malhonnête ose attaquer Anaximandre en justice pour de prétendues dettes de Critias, tu assures la défense de ton neveu devant le tribunal de commerce. Dans cette salle où deux fois par mois tu présides avec autorité aux séances du Grenier depuis la tribune, tu viens t'asseoir, voûté, sur le banc de la défense. Aux questions liminaires des juges, tu réponds avec timidité d'une voix éteinte, chevrotante. Puis quand vient ton tour de plaider, tu t'exprimes avec tant de fougue, d'ironie mordante et d'efficacité que le plaignant repart sous les rires et les huées du public avant même le prononcé de la sentence.

Après quelques mois de décence, l'ex consul-en-troisième, devenu consul-en-deuxième par la disparition de ton frère, vient te proposer discrètement d'occuper le poste qu'il a libéré. Il t'expose combien Massalia serait honorée de compter parmi ses dirigeants un savant aussi célèbre que toi. Lui semble avoir complètement oublié les échanges houleux que vous avez eus à ton retour de Babylone. Si tu fais connaître ta candidature, tu seras élu aussitôt.

Comme tu t'attendais à cette visite exploratoire, ta réponse est prête. Tu refuses. Tu cites les noms de plusieurs hommes d'expérience qui feront l'affaire comme consul-en-troisième. Et lorsqu'il sera en fonction, tu souhaites que les trois viennent ensemble chez toi, dans une démarche officielle et visible, te prier de les rejoindre.

« Mais… je ne comprends pas, objecte le consul-en-deuxième. Puisque tu auras refusé…

– J'accepterai seulement, et si vous me le demandez, d'être consul-en-quatrième.

– Tu plaisantes ? Il n'y a jamais eu que trois consuls à Massalia depuis plus de deux siècles que la ville est ainsi gouvernée.

– Tu as raison, mon ami. Mais relis nos lois. Elles ne précisent pas le nombre de consuls. La tradition que tu invoques est ancienne, et toute tradition peut évoluer. Et si cette innovation vous effraie, rien ne vous obligera à pourvoir à nouveau à la fonction ainsi créée après ma mort. Consul-en-quatrième, inamovible. »

Ton interlocuteur, rompu aux joutes et aux débats, comprend alors l'orgueilleuse modestie de ton exigence. Il se retire sans rien promettre, et les tractations durent plusieurs semaines. Tu restes inflexible. Et les consuls finissent par t'accepter en leur sein à tes conditions, suscitant un étonnement général qui t'amuse. Comme tu l'as pressenti, ce poste n'ajoute rien à ta gloire, mais tout à la leur.

Conformément à ce que tu leur avais laissé entendre, tu t'abstiens scrupuleusement de participer à leurs réunions – hormis, seule exception, pour débattre d'une entrée en guerre contre Carthage après une rixe particulièrement violente à Malte, où huit marins massaliotes ont été tués. À cette occasion, tu plaides avec force pour la paix, moyennant de substantiels dédommagements pour les familles, et tu convaincs tes collègues.

Lors des cérémonies officielles, tu ne dédaignes pas prendre place à la tribune et recevoir les hommages. Tes proches qui te regardent évoluer dans les honneurs ne parviennent pas à discerner si tu t'y complais ou t'y ennuies à mourir.

De nombreux visiteurs continuent de se presser à ta porte. Tu reçois volontiers ceux qui viennent te raconter leurs voyages ou débattre de tes théories. Ce flux constant t'amène à retoucher et améliorer en permanence ton traité. Tu rajoutes plusieurs chapitres sur le golfe Persique et la mer du Sindh, pour nous la mer d'Oman, grâce aux informations que tu as réunies lors de ton ambassade à Babylone, et tu approfondis l'insoluble énigme des marées.

De toute part, on continue de te solliciter pour obtenir une copie de ton texte. Critias avait embauché à l'année un copiste pour satisfaire les demandes, qu'elles émanent de princes auxquels il était impossible de refuser ou de particuliers assez riches pour en payer les frais. Anaximandre te propose de vendre aussi de façon séparée le cinquième livre, celui qui permet de naviguer au mieux et décrit les ports et les mouillages. Il trouve un titre approprié, *Instructions nautiques*, et des dizaines d'exemplaires s'écoulent en moins d'un an. Les capitaines qui partent vers l'océan et choisissent d'écouter ta voix ne voyagent plus au hasard.

Depuis la disparition d'Archélaos, tu as repris seul la présidence du Grenier, mais pour les travaux et la correspondance, tu t'appuies de plus en plus sur Agnodice. Rigoureuse, disponible, elle a acquis un vaste savoir et une compétence indiscutable. Depuis la mort de son frère, elle a annoncé qu'elle ne se soumettrait à aucun homme et resterait célibataire. Bien sûr, on vous prête une liaison. Quelle importance…

34

En tant que doyen de la famille, il t'appartient de marier Anaximandre, dont la première épouse est morte deux ans plus tôt. Les propositions d'ailleurs affluent d'elles-mêmes, car il se trouve à la tête d'une affaire florissante et bénéficie de ton prestige. Une union avec l'une des trois ou quatre grandes dynasties de négociants massaliotes ferait de ton neveu l'un des principaux personnages de la ville. Mais les positions brillantes sont fragiles et dangereuses. Tu préfères choisir pour lui l'une des petites-nièces de Zotos, et consolider ainsi les liens entre deux clans d'importance moyenne.

Les rhumatismes gagnent du terrain. Ta main droite est entièrement paralysée et reste en permanence crochue, comme une serre d'aigle.

Tu as toujours eu de très bons yeux, bien utiles pour distinguer sur l'horizon les prémisses d'une terre, ou, sur une planche préparée par un matelot négligent, l'insuffisance de la couche de poix. Et voilà que ta vue baisse inexorablement, effaçant les détails du paysage et réduisant tes proches à des silhouettes, puis mêlant toute couleur et toute forme en un gris indistinct. Pour te déplacer, tu dois désormais poser la main sur l'épaule de ton épouse ou celle d'Agnodice et te laisser guider.

« Écrivain comme Homère et maintenant aveugle comme lui ! » ironises-tu devant les tiens. Cette infirmité ne t'empêche pas de présider aux séances du Grenier, en laissant à ta disciple la gestion des débats. Dans les solennités et les fêtes, consul-en-quatrième, tu écoutes les discours et les silences. Mais que ne donnerais-tu pas pour pouvoir encore te promener à ta fantaisie et assister au spectacle permanent des quais…

Tu continues de modifier ton traité, par petites touches, en fonction des lettres que tu te fais lire et des visites que tu reçois. Agnodice met en ordre tes réflexions, te propose une rédaction pour les amendements que tu retiens, surveille l'atelier des copistes, fait barrage aux importuns.

À ta demande, elle jure solennellement que le texte ne sera plus jamais modifié après ta mort : non parce que tu aurais l'illusion d'avoir tout vu ou tout découvert, mais pour la raison inverse, pour que ceux qui viendront après toi résistent à la tentation de s'abriter derrière ta réputation et soient crédités de leurs aventures. À leur tour d'affronter et de déchiffrer l'inconnu ! À leur tour d'en rendre compte en leur nom propre ! Et de cette réflexion surgit enfin la dernière phrase de ton traité, que tu cherchais depuis longtemps : « *La description du monde est un travail qui ne sera jamais achevé.* »

Ce point final te plonge dans une légère et durable mélancolie. La gloire t'indiffère. Les années défilent dans tes souvenirs. Tu n'as passé que deux semaines à Thulé, mais ces quelques jours ont sculpté toute ta vie. Parfois ils te semblent le centre de ton existence : une longue ascension pour y parvenir, une nostalgie durable après l'avoir quittée.

Maintenant, le présent et le passé se confondent, s'obscurcissent, l'avenir devient muet et se désagrège. Des images se présentent en désordre et te retiennent tour à tour. Mais qui est cette jeune femme dont la voix interrompt tes rêveries ? Eudoxia ? Peu importe. Le poing serré sur une pierre noire rapportée de Thulé, qui parfois te semble frémir à ton contact, tu t'abandonnes à tes réminiscences.

Le bruit souple de l'eau glissant sous la coque.

Un roi barbare dans une salle voûtée de son château se régalant de figues sèches et de vin sicilien.

La souffrance intime et durable causée par l'ortie d'Éphèse.

Critias demandant à un matelot d'apprendre à ses deux fils à se battre avec leurs poings.

La nuit défaite par le jour, et cette longue lumière laiteuse qui n'appartient ni à celui-ci ni à celle-là.

Une discussion houleuse entre Archélaos et Agnodice, dont tu as oublié l'objet mais non la vivacité.

L'aube sur une crique de calcaire et de pins, s'offrant, ô Méditerranée, au soleil souverain.

Ces lumières vertes, indigo, violines s'ouvrant dans la profondeur du ciel nocturne et composant des formes qui lentement se plissent.

Le visage de Prodicos, un matin d'hiver au réveil dans sa chambre à Athènes.

La rage d'une tempête, et la vaillance de Kaspers prenant contre tes ordres bien trop de risques dans la mâture.

Ce rhéteur de Syracuse, comment s'appelait-il déjà, qui te semblait posséder tous les savoirs du monde.

Le bruit de tes bottes dans la vase, là où deux heures plus tôt nageaient les poissons.

Un grain de neige, surgissant de nulle part et blanchissant tout d'un coup l'*Alouette*.

Le sourire triste d'Alexandre, un soir sous la tente.

Un vallon de laves et de mousses, éclairé de biais à travers les nuages, où passe un vol d'oiseaux sombres se dirigeant vers le fond d'une baie.

35

Dans les marais de l'Achéron, parmi les gueux et les puissants, tu attends ton tour pour franchir les eaux noires du Styx et pénétrer aux Enfers. Lorsque Charon, le batelier des morts, fils de l'Obscurité et de la Nuit, te fait signe, tu lui paies le prix convenu – une pièce d'or, à l'effigie d'Alexandre – et tu montes à son bord. Pendant qu'il dirige sa barque et t'amène du côté dont nul jamais ne revint, tu ne peux t'empêcher de tout observer : la forme de la coque, la vitesse, la longueur de la rame, le sens et la force du courant, la profondeur de l'eau, l'absence de vent. Cette brève traversée fluviale est ton ultime navigation.

Ta deuxième mort, ô Pythéas, survient deux siècles plus tard. Ta vision de subtils équilibres entre puissances moyennes en Méditerranée est balayée par la force. Ta ville, qui avait pris prudemment parti pour Pompée et le Sénat est assiégée et conquise par César. Rome, cette alliée dont les ambitions n'ont cessé de croître et qui a détruit Carthage, en profite pour annexer la ville la plus peuplée des Gaules. Jamais plus Massalia ne sera puissance autonome, jamais plus elle ne définira ses alliances. Ses maîtres successifs – Empire romain, comté de Provence, royaume de France – ne lui feront jamais entièrement confiance et privilégieront d'autres points d'appui : Arles, au bord du Rhône ; Aigues-Mortes puis Toulon pour la marine de guerre ; et surtout Aix, pour les fonctions épiscopales, universitaires, parlementaires, judiciaires. Conscients de cette distance avec les pouvoirs centraux, les Marseillais ont toujours senti d'instinct qu'ils ne devaient leur gloire qu'à eux-mêmes, avec le commerce comme mouvement et la mer libre comme horizon.

Ta troisième mort est difficile à dater, lors d'une nuit du quatrième ou du cinquième siècle de notre ère. Le dernier exemplaire de ton traité disparaît dans l'incendie d'une bibliothèque, d'un palais, d'une forteresse ou d'un couvent, quelque part en Europe ou en Afrique du Nord. Les grandes œuvres de la littérature grecque ou romaine, les textes philosophiques et religieux ont bénéficié de copies suffisamment nombreuses et suffisamment renouvelées pour traverser les épreuves. Les érudits de la Renaissance, malgré les fautes, les catastrophes, les versions lacunaires, les dégâts causés par l'eau, le feu ou les rats, ont pu reconstituer les manuscrits originels. Tu as fait l'objet de moins d'attentions, ou tu as eu moins de chance. Ton savoir géographique a semblé moins indispensable, presque superflu. Et un jour malheureux, dans le fracas des armes ou l'imprudence d'un maladroit, l'ultime version s'est résolue dans les flammes.

Savoure avec moi cet amer paradoxe : la mer gelée a brûlé…

Et cette autre ironie : par le même hasard souverain et absurde, les mots de ceux qui t'ont critiqué sont parvenus jusqu'à nous et ont ainsi, malgré leurs auteurs, assuré ta postérité. Tu as voyagé avec eux, passager clandestin du savoir. Remercie-les sans rancune, ces adversaires : tu leur dois tout.

Outre ton nom, tu as pu ainsi faire passer comme un code secret, comme une formule magique à travers les siècles ces deux syllabes : Thulé. L'incertaine, l'inatteignable extrémité des confins du monde.

Onze ou douze siècles après ce fatal incendie, tu n'es pourtant pas tout à fait oublié.

Au livre VII des *Tragiques*, Agrippa d'Aubigné évoque en ces termes la résurrection des corps des victimes de la Saint-Barthélemy :

Tous sortent de la mort comme l'on sort d'un songe.
Les corps par les tyrans autrefois déchirés
Se sont en un moment en leurs corps asserrés,
Bien qu'un bras ait vogué par la mer écumeuse
De l'Afrique brûlée en Thulé froiduleuse.

Dans sa langue prophétique, le grand poète protestant voit les membres suppliciés jetés aux abîmes réapparaître et se réassembler à l'appel du Jugement dernier. Ainsi s'accomplira la volonté divine, même si les restes des martyrs ont dérivé jusqu'aux extrémités du monde, à Thulé…

Ta quatrième mort, tu la dois à ta ville qui ne s'est jamais intéressée à toi.

Marseille n'est pas une ville polaire. Aucune ville de France, d'ailleurs, ne revendique ce qualificatif. Ni Saint-Malo à raison de Jacques Cartier, ni Albi pour La Pérouse, ni Neuilly à raison de Jean-Baptiste Charcot, ni Saint-Claude pour Paul-Émile Victor…

Et Marseille moins encore. Son destin s'accomplit en Méditerranée, vers le Maghreb, vers les échelles du Levant, vers les colonies. Qu'a-t-elle à faire de ce très lointain ancêtre dont on ne sait presque rien et qui a peut-être navigué vers des terres impossibles et glacées ?

Les empires et les royaumes croient la soumettre, Marseille fait semblant et se consacre au commerce. De ses origines grecques, elle a conservé la religion d'Hermès, le gardien des routes, l'inventeur des poids et mesures, le dieu des marchands, des orateurs et des voleurs. Marseille repliée sur elle-même ? Pire qu'un contresens, une trahison.

Dans *Marius*, la pièce de Pagnol, le héros ne peut résister à l'appel du large : aller voir ailleurs, au risque d'être loin des siens, et garder l'espoir de revenir un jour au port… L'ailleurs, où qu'il se situe. L'ailleurs, maritime et chaud.

Mais les pôles ? Les régions froides ? Les pays où règnent la neige et la glace ? Là où les ours, les phoques et les morses sont chez eux ? Quelle drôle d'idée ! Quelle horreur ! Depuis toujours et malgré toi, Marseille leur tourne le dos.

Au XIXe siècle, le port est devenu trop petit, avec l'extension du trafic, de la taille et du tirant d'eau des navires, la colonisation de l'Algérie puis le percement du canal de Suez. Un âge d'or se profile. De nouveaux bassins sont créés à la Joliette. Du coup, le quartier du Vieux-Port, avec ses rues étroites et mal famées, ses entrepôts, ses ateliers, a fait l'objet d'un projet urbain ambitieux, permettant d'ouvrir la ville sur la mer. Autour de la Canebière restructurée, un plan à damier est réalisé. La deuxième rue au sud de l'avenue, dans le prolongement du quai de Rive-Neuve, est baptisée rue Pythéas. Rien d'autre qu'un axe mineur, d'une longueur modeste, pour célébrer son plus grand marin…

Ah, j'oubliais : en 1976, ton nom est donné à un collège du quartier Sainte-Marthe, dans le populaire XIVe arrondissement.

Marseille comptait dans l'équilibre des grandes puissances quand Paris, Bordeaux, Lyon ou Nantes n'étaient encore qu'agglomérats de huttes en torchis au bord d'un fleuve. Mais elle se soucie peu de son passé. Et tu es parti dans la mauvaise direction, vers le nord, alors que son destin s'accomplit vers le sud. Voilà pourquoi ta ville est aussi négligente…

Les historiens des pôles ne savent pas non plus quoi faire de toi.

Les uns t'ignorent. Ils font commencer les expéditions polaires au XVIe siècle, vers le nord avec les campagnes des baleiniers basques au large du Spitzberg et du Groenland, vers le sud avec Binot Paulmier de Gonneville, découvreur d'une « terre australe » – probablement le Brésil – qui fit rêver tous les navigateurs des siècles suivants.

Les autres n'oublient pas de mentionner ton nom et celui de Thulé, mais semblent mal à l'aise : d'une part ils peinent à reconstituer ton ou tes voyages sur les cartes, et font écho aux doutes qui se sont exprimés dès l'Antiquité ; d'autre part, ils se heurtent à cette discontinuité majeure, dix-huit siècles d'interruption ! Impossible de te regarder comme un précurseur, ou un devancier. Tu n'as transmis aucune information utile ni formé aucun disciple portant ton message. Tu as découvert l'Islande, la banquise, les aurores boréales, pressenti le soleil de minuit, mais que faire de tout cela ? Pionnier que nul n'a suivi, tu n'as rien légué à quiconque. Tes expéditions, uniques, sont restées stériles – ou légendaires, ce qui revient au même.

Il y a eu, si longtemps après toi, bien des premières fois. Par quel nom te désigner, toi qui les as toutes précédées ?

Pendant quatre siècles, des héros rivalisant de courage et d'audace, en partance vers l'extrême nord ou l'extrême sud, ont été confrontés aux tempêtes, aux naufrages, à la faim, au blizzard. Chacun d'eux, parfois au prix de sa vie, a arraché un petit morceau de connaissance sur les confins de notre monde. À son insu, chacun d'eux était guidé – très lointain écho à peine distinct – par l'infime souvenir de tes découvertes, et te rendait hommage.

Ou peut-être as-tu été, le premier, atteint d'une maladie faiblement contagieuse et dont on ne guérit pas, d'un mal insidieux qui contre tout bon sens incite à partir vers les contrées les plus inhospitalières.

De toute cette lignée d'explorateurs polaires tu es l'aîné. Ils sont tes fils et ton sang coule dans leurs veines. Et grâce à eux tes morts successives ont perdu toute importance.

***

En 1935, l'Union Astronomique Internationale baptisa de ton nom un cratère de la Lune. J'aime l'idée que depuis là-haut tu nous observes, toi qui as tant observé les ciels nocturnes.

Je m'apprête à prendre congé de toi, Pythéas, et de Thulé que tu as créée. Mes propres voyages m'ont conduit, en avion ou en bateau, dans des conditions de confort et de sécurité que tu n'aurais pu imaginer, vers l'Islande, vers Kerguelen, vers le Groenland, vers la terre Adélie, vers l'empire des vents et de la neige, vers les terres froides et les jours très longs, vers la mer gelée et les montagnes de glace. Moi aussi fils de la Méditerranée, à ma façon et sans alors le savoir, je mettais mes pas dans les tiens. Car tu as donné aux amoureux des grands espaces bien plus qu'un portulan incomplet ou les indications d'un mouillage : une envie irrépressible d'aller voir plus loin, une volonté de dépasser les limites des gens raisonnables, un vertige illogique qui pousse, malgré les difficultés multiples et le deuil de la chaleur, à prendre la direction des pôles.

Je t'en remercie, le Massaliote. Et je ne me résous pas à cette discrétion dans laquelle tu es maintenu. Je veux restaurer ta gloire et te rendre ton rang. Écoute-moi, Marseille ! Célèbre désormais à sa juste place et dans l'épaisseur des siècles ton enfant délaissé ! Et, sous peine qu'il te récuse comme une mère indigne, sois désormais fidèle à sa mémoire et digne de ses vertus.

Oui, je te remercie doublement, le Massaliote. Moi qui ai osé te déranger dans ton long sommeil, je ne suis pas un explorateur, juste un voyageur naïf, dilettante et pas très courageux. Après t'avoir rencontré, après t'avoir écouté me raconter ta vie, j'ai compris que nous sommes parents, ô Pythéas mon ancêtre.

Qu'importent désormais les cartes et la triste finitude du monde, et tous les instruments modernes qui s'opposent au déploiement des rêves, et les démonstrations étriquées, et les discours pauvres et sans âme… Qu'importent la chronologie et la raison raisonnable ou raisonnante…

Je sais que les bourrasques et les embruns m'ont frappé avec violence, que mon visage a connu le soleil qui ne réchauffe pas et les nuits qui n'en sont pas. Comme toi.

J'ai arpenté des landes, des mousses, des laves figées, des plages de sable noir où somnolent de lourdes bêtes moustachues, des éboulis, des vallons sans arbres, des névés alanguis. Comme toi.

J'ai vu les cascades qui remontent vers le ciel et les déserts sans fin et les merveilles de glace. Comme toi.

D'autres terres inconnues m'attendent à mon tour, Pythéas : car, ne les ayant pas trouvées « en Thulé froiduleuse », moi aussi je ne cesse à ta suite de rechercher le pays où vivent les licornes.

MISE AU POINT

« En 2019, j'ai eu la chance de découvrir dans les réserves d'un monastère catalan un parchemin jusqu'alors négligé. Recopié sans doute au XIIIe siècle ou au début du XIVe, il reproduisait la traduction latine du Livre premier d'un traité intitulé *De l'océan*. Si le nom de l'auteur n'est pas mentionné, ses nombreux voyages permettent de l'identifier sans hésitation. Nul autre que Pythéas pour commencer ainsi :

Permets, ô Poséidon le très puissant, que je parle aux hommes de l'océan sur lequel tu règnes…

L'édition critique de ce texte, l'équivalent antique du *Devisement du Monde* de Marco Polo ou des *Voyages* d'Ibn Battûta, est en cours. J'y ai puisé l'essentiel de ce livre. »

J'aurais aimé adosser mon récit à pareille trouvaille. Mais non. Nous ne saurons jamais rien de la vie de Pythéas. Sa famille et son milieu, son enfance, sa formation, son métier, les motifs et la durée de ses voyages, la date et les circonstances de sa mort resteront toujours inconnus.

Écrire une biographie de Pythéas avec les seuls éléments avérés tiendrait sur une demi-page. Il était originaire de Massalia, a effectué un voyage vers le nord – peut-être deux – et fait partie de l'ambassade auprès d'Alexandre, sans qu'on sache avec quelles fonctions, ni a fortiori *s'il l'a effectivement rencontré. Il a écrit un traité sur l'océan, mentionné l'île de Thulé, la mer gelée, les jours sans nuit. De son second voyage – ou du premier ? – il a rapporté une substance qui était peut-être de l'ambre. Et c'est tout.*

Quel champ libre pour l'imagination ! Pour naviguer à sa suite, mais sur le papier…

Les historiens, qui parfois se disputent entre eux, nous informent de l'organisation politique et économique de Massalia, des rivalités entre les puissances, des flux commerciaux, des mentalités et des savoirs au temps de Pythéas.

J'ai tenu compte de l'état des connaissances pour effectuer des choix. Pour le reste, j'ai tenté d'être vraisemblable. Et si quelque érudit repère une erreur – dans les technologies, les mœurs ou sur la carte –, qu'importe. Ma restitution avec des fautes, comme un vase antique avec des retouches, vaut mieux que le silence.

Plus convaincante que bien des sources écrites, cette voix lointaine qui pendant des mois murmurait à mon oreille…

Les toponymes n'ont cessé de se modifier dans l'Histoire. Pour éviter les noms contemporains, porteurs d'anachronismes, j'ai mêlé les noms antiques, lorsqu'ils faisaient sens ou pour le plaisir énigmatique de leurs sonorités, et des noms forgés pour la circonstance.

Tous les épisodes de ce récit viennent donner du corps à ce qui a pu être le parcours de Pythéas. Seuls son lointain prédécesseur Euthymènes et évidemment Alexandre le Grand ont réellement existé. Tous les personnages secondaires – Critias l'aîné et Critias le jeune, Anaximène, Eudoxia, Prodicos de Milet, Kaspers, Beodulf, Thrasyalcès le Gueulard, Cyriaque d'Antipolis, Archélaos, Agnodice… – sont inventés.

Les noms grecs des personnages masculins sont empruntés à des philosophes présocratiques. Agnodice, personnage peut-être légendaire, aurait été à Athènes la première femme à exercer comme médecin-gynécologue, travestie en homme d'abord, puis après avoir été accusée par les maris de séduire ses patientes, à visage découvert…

❊❊❊

Aux Marseillais désormais de reprendre le flambeau et d'honorer comme il se doit leur illustre et méconnu compatriote.

❊❊❊

Mes remerciements à Christian de Marliave et au CV Bertrand Lesort, qui ont bien voulu relire le manuscrit et, grâce à leur grande expérience nautique et notamment des navigations en mers froides, corriger mes erreurs de novice. Celles qui subsisteraient me restent évidemment imputables.

TABLE DES MATIÈRES

Achevé d'imprimer par Ermes Graphics
à Turin (Italie), en octobre 2021
Dépôt légal : août 2021
ISBN : 978-2-37502-117-0